Diogenes Taschenbuch 22524

Ambrose Bierce

Meister-erzählungen

*Auswahl und Vorwort von
Mary Hottinger
Aus dem Amerikanischen von
Joachim Uhlmann
Mit Zeichnungen von
Tomi Ungerer*

Diogenes

Auswahl aus
›The Collected Writings of Ambrose Bierce‹,
New York 1946 und 1960
›Ein Ereignis an der Owl-Creek-Brücke‹
wurde von Günter Eichel,
›Die Totenwache‹ von
Maria von Schweinitz übersetzt
Die Erstausgabe dieser Auswahl erschien
1963 unter dem Titel
›Die Spottdrossel‹ in der Reihe
›Diogenes Erzähler Bibliothek‹
Umschlagillustration:
Thomas Moran, ›Die Badlands von Dakota‹,
1901 (Ausschnitt)

Veröffentlicht als Diogenes Taschenbuch, 1976
Alle Rechte an dieser Ausgabe vorbehalten
Copyright © 1963, 1993
Diogenes Verlag AG Zürich
www.diogenes.ch
40/02/52/2
ISBN 3 257 22524 5

Inhalt

Einleitung von Mary Hottinger 7

Ein Ereignis an der Owl-Creek-Brücke 16
An Occurrence at Owl Creek Bridge

Ein Reiter am Himmel 34
A Horseman in the Sky

Die Spottdrossel 45
The Mockingbird

Das Gefecht am Coulter-Paß 55
The Affair at Coulter's Notch

Parker Adderson, Philosoph 70
Parker Adderson, Philosopher

Chickamauga 80
Chickamauga

Der Mann aus der Nase 90
The Man Out of the Nose

Eine Sommernacht 102
One Summer Night

Der Mann und die Schlange 105
The Man and the Snake

Das mit Brettern vernagelte Fenster 115
The Boarded Window

Der Tod des Halpin Frayser 123
The Death of Halpin Frayser

Die Totenwache 146
A Watcher by the Dead

Eine unzulängliche Feuersbrunst 162
An Imperfect Conflagration

Die Augen des Panthers 167
The Eyes of the Panther

Phantastische Fabeln 182
Fantastic Fables

Ambrose Bierce

1842–1914?

Das Werk von Ambrose Bierce ist außerhalb Amerikas und Großbritanniens wenig bekannt geworden, und wo man ihn überhaupt kannte, handelte es sich mehr um einzelne Bewunderer als um irgendein allgemeines Publikum.

Selbst in den englischsprechenden Ländern, wo er zwar nie völlig vergessen wurde und immer eine ergebene Gefolgschaft hatte, ist sein Name oft nur ein Name geblieben. Es ist nicht uninteressant, daß Edmund Wilson, einer der größten aller amerikanischen Kritiker, in seinem *Classics and Commercials* von San Francisco vor dem Erdbeben als dem eigentlichen kulturellen Zentrum Kaliforniens, der ›Stadt von Bret Harte und Ambrose Bierce‹ spricht. Aber in der Folge sagt er nichts mehr über Bierces Werk. Man bekommt unwillkürlich das Gefühl, es gehöre unwiederbringlich der Vergangenheit an.

Für das gegenwärtige Wiederaufleben des Interesses an Bierce mag es zwei Gründe geben. Der erste ist rein technischer Natur. Das Bierce naturgemäße schöpferische Medium war die Kurzgeschichte in ihrer wahren Gestalt und ihrem eigenen Recht, und nicht die Kurzgeschichte als ein Ableger des Romans. In der ›short story‹ leistete das Amerika des 19. Jahrhunderts Pionierarbeit. Aber auch in Europa hat die Kurzgeschichte – nach Maupassant, Čechov und Katherine Mansfield – endlich aufgehört, ein minderes Genre zu sein und über die Achsel angesehen zu werden, und heute reizt sie einige der größten Talente. Dieses Interesse an der Kurzgeschichte als einer literarischen Form mußte unweigerlich zu Bierce führen, der in den wenigen Fällen, in denen er den Gipfel seines Könnens erreichte, zu ihren kleineren Meistern gehört.

Hinzu kommt, daß Bierce, wenn es auch zu weit ginge, ihn einen Mann mit einer Philosophie zu nennen, doch der Mann einer Stimmung – fast einer einzigen Stimmung – war. Im ständig wechselnden Kaleidoskop des Gefühls der Menschen über sich selbst und die Welt, die sie geschaffen haben, harmoniert Bierces Stimmung weitgehend mit einer in unserer Zeit sehr verbreiteten Haltung. Bierce schätzte weder die Menschen noch die Gesellschaft. Die heutige Welt hat sehr viele Gründe dafür entdeckt, sie ebenfalls nicht zu schätzen. Cum grano salis war Bierce also eine Art Prophet.

Bierce erblickte das Licht der Welt 1842 in Miegs, Ohio, als das neunte und letzte Kind eines etwas exzentrischen erfolglosen Farmers. Die einzige sichere Tatsache über seine Kindheit und Jugend ist, daß er seine Familie verabscheute, ausgenommen einen Bruder. Dieser Haß scheint ererbt und charakterlich bedingt gewesen zu sein. Schon sein Vater hatte die eigene Familie gehaßt. Andererseits sollte Bierce aber auch wenig Freude an den Seinen erleben – mochte er sich zu ihnen stellen, wie er wollte.

Wie viele junge Leute seiner Zeit und seiner Klasse hatte er selten regelmäßigen Schulunterricht, dafür aber eine Menge Bücher, aus denen er Belehrung schöpfen konnte. Er verbrachte allerdings ein Jahr auf einer Militärakademie, dessen Kosten ein erfolgreicher Onkel bezahlte, der ihm auch behilflich war, seinen Stil zu formen. 1861 wurde das dringendste Problem seines Lebens durch den Ausbruch des amerikanischen Bürgerkrieges gelöst. Er meldete sich stante pede zur Armee der Nordstaaten, obwohl seine Sympathien anscheinend eher auf seiten der Südstaaten lagen. Er hielt sich gut und brachte es zum Rang eines Titularmajors; aber wichtiger ist, daß dieser Krieg die erste große emotionelle Erfahrung seines Lebens gewesen sein muß.

Als der Krieg aus war und nach den paar Fehlstarts, die zum Schicksal begabter junger Leute zu gehören scheinen, die nicht auf gute Ratschläge hören, ging er nach San Franzisko zu seinem Bruder, warf eine Geldmünze in die Luft, um sich die Berufswahl leichter zu machen – so wird wenigstens behauptet – und wurde Journalist. Dieser Beruf entsprach seinen natürlichen Anlagen. Obwohl er es, laut seinem Herausgeber Clifton Fadiman, ›hätte besser wissen müssen‹, verehelichte er sich 1871 und übersiedelte das Jahr darauf mit seiner Frau nach London. Dort schätzte man ihn sehr wegen seiner rücksichtslosen Bemerkungen und bissigen Kommentare und bedachte ihn mit dem Spitznamen ›bitter Bierce‹. Doch das Heimweh und sein schlechter Gesundheitszustand ließen ihn nach Kalifornien zurückkehren. Dort wurde er als Redakteur einer Zeitung bald eine Art literarischer Diktator, der Autoren ›erledigte‹ oder – auch das muß gesagt werden – ›machte‹.

Aber das Familientalent für Tragödien ließ auch ihn nicht ungeschoren. 1889 wurde sein älterer Sohn in einer Rauferei um ein Mädchen getötet, 1891 verließ ihn seine Frau und ließ sich 1904 von ihm scheiden – wie einer seiner Biographen dazu bemerkt: ›dreiunddreißig Jahre zu spät‹ – und 1901 starb sein zweiter Sohn als hoffnungsloser Trunkenbold. Mochte Bierce für Freundschaft auch begabt gewesen sein, fürs Familienleben war er es entschieden nicht. Er betätigte sich weiter als Journalist, aber sein schöpferisches Kapital war aufgezehrt, und was er noch schrieb, war hohl und abgedroschen. 1913 fuhr er nach Mexiko und verschwand auf Nimmerwiedersehen. Niemand weiß, wann, wo und wie Ambrose Bierce den Tod fand. Eine satirische Grabschrift...

Bevor wir uns Bierces Werk zuwenden, muß ein bereits erwähnter Punkt noch näher beleuchtet werden. Es wurde schon gesagt, daß er in der Kurzgeschichte sein natürliches schöpferisches Medium sah; und gerade dieses Medium kam ihm im Amerika seiner Zeit sehr entgegen. Praktisch war es von Edgar Allan Poe erfunden und eingeführt worden. Die Wesensstruktur Amerikas, mit der noch lebendigen Erinnerung an den Bürgerkrieg und den Treck nach Westen, begünstigte dieses Genre. Ein Volk im Krieg oder ein Volk im Aufbruch produziert lapidar und intensiv. Erst später, in der Rückschau, können Krieg und Treck als Romanstoff dienen. Ohne einen Vergleich zwischen den beiden Büchern ziehen zu wollen, denkt man doch unwillkürlich an Tolstois *Krieg und Frieden* und Steinbecks *Früchte des Zorns*. Aber Bierces Amerika war noch weitgehend das Amerika von Bierce und Bret Harte.

Es ist eine interessante Frage, was aus Bierce geworden wäre, wenn er mit seiner Veranlagung und seinem Temperament in London oder Paris zur Welt gekommen wäre. Seine Inspiration war zu kurzatmig, um ihn durch einen ganzen Viktorianischen Roman zu tragen. Er war antisozial und ein Rebell, besaß jedoch nicht das poetische Genie eines Rimbaud, und obwohl er die Menschheit gründlich verabscheute, hatte er nicht die hartnäckige Hingabe an seine Kunst, wie sie Flaubert besaß.

Obgleich seine Geschichten aus dem Bürgerkrieg erst eine Generation später veröffentlicht wurden, fand er in diesem Krieg, dieser überwältigendsten der Erfahrungen, seine wahre Inspiration. Alles in allem genommen, verweilt er zwar nicht allzusehr bei den physischen Greueln des Krieges; aber dieses Thema ist ihm Instrument, seinen Familienhaß abzureagieren: Sohn tötet Vater, Ehemann bombardiert Haus, in dem seine Frau und Kinder Zuflucht gefunden, Zwillingsbrüder bringen einander eigenhändig um – dies waren die schrecklichen Wahrheiten eines Bürgerkrieges –, doch es bedurfte eines Mannes von Bierces besonderem Empfindungsvermögen, um sie zu fühlen und zu schildern.

Darüber hinaus jedoch war er einer der ersten Schriftsteller, die offen erklärten, Krieg sei in der modernen Zeit eine entsetzliche Dummheit. Wir stoßen immer und immer wieder auf diesen Gedanken. Von diesem Gesichtspunkt aus betrachtet, ist seine berühmteste und zugleich beste Geschichte, *An Occurrence at Owl Creek Bridge,* weniger aufschlußreich als *Chickamauga.* Das Kind, das hochgemut seine unsichtbare Armee mit einem Spielzeugschwert gegen einen unsichtbaren Feind führt, wird beim Anblick eines kleinen Kaninchens von Angst überwältigt. Es sieht nichts Schreckliches in der grausigen Prozession der tödlich Verwundeten, die sich zum Bach schleppen, um zu trinken: freudig erkennt es die Neger wieder, auf deren Rücken es auf seines Vaters Farm zu reiten pflegte. Und als es endlich die Wirklichkeit angesichts seines in Flammen stehenden Vaterhauses und der toten Mutter erkennt, kann es seinen Gefühlen keinen Ausdruck geben, denn es ist taubstumm. Diese Symbolismen wurden nicht immer bemerkt, doch gerade sie haben Bierce einen Hauch von Größe verliehen.

Doch selbst der Krieg offenbart über seine eigenen Schrecken hinaus noch tiefere Einsichten. *Parker Adderson, Philosopher,* ist eine bittere Bloßstellung menschlicher Selbsttäuschung. Und *An Occurrence at Owl Creek Bridge* ist nicht nur eine gut erzählte Geschichte mit einem überraschenden Schluß: sie führt uns in Wirklichkeit über die konventionellen Vorstellungen des einfachen Soldaten hinaus und gibt uns Einblick in seine Seele, in seine Sehnsucht nach Leben, in seine leidenschaftliche Liebe zum Leben.

Es ist behauptet worden, daß die Kriegserlebnisse Bierce gegenüber dem Leiden verhärtet und sein Gefühl dafür abgetötet hätten. Das scheint jedoch bei der Lektüre dieser Geschichten unglaubhaft. Und wenn *The Affair at Coulter's Notch* eher ein Bericht als eine Geschichte ist, wie kann er dann gedeutet werden?

Bierce sah ja den Krieg als das blutige Gewerbe, das er wirklich ist. Er zerriß den falschen Schleier des Heroismus, der in England noch immer die entsetzlichen Leiden der Armee im Krimkrieg verdeckte. Und gerade darin liegt ein

Teil von Bierces Anziehungskraft auf die jetzige Generation, sein Appell an die Erben von 1914-18 und 1939-45. Es ist interessant, festzustellen, daß seine Kriegserzählungen erst 1891 veröffentlicht wurden, und dazu noch privat, weil sich kein Verleger für sie fand. 1914 lag noch in weiter Ferne.

Wie weit sein Hang zum Makabren von Poe stammt, ist schwer zu sagen. Es lag damals in der Luft. Aber es gibt einen tiefen Unterschied zwischen den beiden. Bei Poe lebt das Makabre, das Schauerliche, weil es auf einem tiefen moralischen Gefühl beruht. Bierce hätte niemals eine Geschichte wie *A Descent into the Maelstrom,* mit ihrem Symbolismus von moralischer Erniedrigung und Erlösung, schreiben können. Sein Stolz hätte eine – sogar verschleierte – Erniedrigung niemals zugelassen, und er glaubt nicht, wie Poe, an die endliche Erlösung des Menschen. Seine Einstellung war einfach zu negativ. Nehmen wir *The Man and the Snake:* es wäre schade, die Geschichte als eine bloße Erfindung um eines gerissenen Schlusses willen abzutun. Sie ist ›over-written‹, zugegeben, aber sie ist auch eine wahrhaft ätzende Studie der Angst. Was Bierce damit sagen will, ist, daß diese Agonie der Angst, die selbst zum Tode führt, in Wirklichkeit unbegründet bis zur Lächerlichkeit ist; geschieht doch alles nur um einer ausgestopften, wollenen Schlange willen ...

Hier finden wir vielleicht eine Erklärung für verschiedene merkwürdige Erzählungen Bierces, die in einer fast unentwirrbaren Verknüpfung von Leben und Tod enden. Poe hatte sein Leben lang Angst, lebendig begraben zu werden, und verwendete diese entsetzliche Vorstellung in einigen seiner besten Geschichten. Anders sieht es Bierce. Bei ihm sind es die Toten, die nicht richtig tot sind, wie in *The Boarded Window* oder *One Summer Night,* die darauf hindeuten, daß sie einen zweiten Tod, in vollem Bewußtsein dessen, was der Tod wirklich ist, erleben mußten. Das Motiv ist keine neue Erfindung, aber es fügte sich gut in Bierces allgemeine Ansicht, daß wir alle nicht einmal, sondern zweimal sterben müssen, und das zweite Mal bewußt. Bei einem Schriftsteller wie Bierce ist es immer verlockend, nach Symbolen zu suchen. Diese Geschichten mögen einfach Abkömmlinge des romantischen Weltschmerzes sein. Aber ebensogut konnte Bierce damit sagen wollen: »Gebt euch nicht der Hoffnung hin, der Tod werde euch erlösen. Er wird euch erst den Garaus machen, wenn ihr alle seine Schrecken ausgekostet habt.« Die seltsame Geschichte *The Death of Halpin Frayser* – eine der ersten unverhohlenen Schilderungen eines Mutterkomplexes – vermischt Tod und Traum, bis sie beinahe unentwirrbar sind.

Auch wenn man alles entdeckt, was Bierce zu sagen hatte, darf man sich nicht dazu verleiten lassen, ihn zu überschätzen. Er hat nicht das Format eines großen Schriftstellers. Und dies nicht nur wegen seines Stils, der oft als überladen und pedantisch kritisiert worden ist. Wir dürfen nicht vergessen, daß wir so sehr an Schriftsteller gewöhnt sind, die die zeitgenössische Umgangssprache selbst in ernsthaften Werken anwenden, daß alles andere bei einem kürzlich entdeckten Autor gekünstelt wirkt. Für Bierce hieß Schreiben schlechthin Schreiben, besonders mit seiner Bücherbildung und dem Leitbild einer älteren Generation. Wenn er gut schreibt, ist sein Stil bewundernswert knapp und direkt.

Nein, seine Schwäche liegt woanders. Er hat in Wirklichkeit keine solide moralische Grundlage. Die amerikanische Literatur hat viele Schriftsteller aufzuweisen, die die Unzulänglichkeit der Menschheit ebenso tief wie Bierce empfunden haben, aber bei größeren Autoren wird sie zu einem echten Sinn für das Böse. Wir brauchen nur an Poe, Hawthorne, Melville zu denken, während ein großer Teil des Werkes von Henry James sich einer einzigen Schablone fügt

– Unschuld, eingekreist von menschlicher Bosheit. Bierce erreicht solche Tiefen nie.

Ein Widerwillen gegen die menschliche Natur und soziale Bindungen, wie Bierce ihn hegte, ist stets von zwei Gefahren bedroht. Er kann zu einer Art verkehrter Romantik werden, zu einem Gefühl um des Gefühls willen, oder er kann zur Pose führen. Es ist schwer zu sagen, inwieweit Bierce der Legende vom ›bitter Bierce‹ in Wirklichkeit gerecht wurde; eine Pose hindert indes jede Selbstkritik, und deren Fehlen bei Bierce sieht man daran, daß er zu viel und oft zu billig geschrieben hat. Damit erhebt sich die Frage, wieviel von ihm überdauern wird.

Wie schon oben gesagt, ist das gegenwärtige Interesse an ihm mindestens teilweise einer Stimmung zuzuschreiben. Er spricht eine Welt an, die zwei brutale und unsinnige Kriege durchgemacht hat, und seine beißenden Fabeln und Definitionen, zum Beispiel in *The Devil's Dictionary*, sagen einer Welt zu, die nicht viel Grund hat, das Leben oder sich selbst zu lieben.

Aber über die Atmosphäre hinaus gibt es bei Bierce Dinge, die erkannt werden müssen und die Dauer haben. Als er tatsächlich sein Bestes in der Sparte der Kurzgeschichte gab, wurde er zu einem der kleineren Meister dieses Genres. Davon abgesehen, enthalten seine Geschichten und Epigramme viele gesunde Hinweise. Nicht jedes Familiengefühl ist mörderisch, aber es ist heilsam, sich zu erinnern, daß es dies gelegentlich sein kann. Nicht alle Gelehrsamkeit ist hohl, aber es ist nützlich, daran erinnert zu werden, daß Gelehrsamkeit oft nichts anderes ist als Staub, der aus einem Buch in einen leeren Schädel geschüttet wird. Wagemut ist nur zu oft eine der sichtbarsten Eigenschaften eines Mannes, der sich in völlig ungefährdeter Sicherheit befindet, und Geduld eine mindere Spielart von als Tugend verbrämter Hoffnungslosigkeit. Das alles ›Wahrheiten‹ nennen, heißt übers Ziel hinausschießen, es sind nur Komponenten der Wahrheit. Doch ist es überraschend, sie *vor* dem ungeheuren Wandel im menschlichen Empfindungsvermögen ausgesprochen zu finden, der durch den Krieg von 1914 eingeleitet wurde. Man muß dankbar sein für solche Leute. Säure macht zwar keine komplette Mahlzeit aus, aber der Mensch kann doch nicht ganz ohne sie leben.

Und darum – um nochmals Clifton Fadiman, einen seiner vernünftigsten Bewunderer, zu zitieren – »wird Bierce ein Schriftsteller bleiben, an dem man nicht achtlos vorübergehen kann«.

Mary Hottinger

Ein Ereignis an der Owl-Creek-Brücke

I

Ein Mann stand auf einer Eisenbahnbrücke im nördlichen Alabama und blickte, zwanzig Fuß unter sich, auf das schnellfließende Wasser. Die Hände des Mannes waren auf den Rücken gelegt, die Handgelenke mit einem Strick zusammengebunden. Ein Seil umschloß eng seinen Hals. Es war an einer kreuzförmigen Verstrebung aus kräftigen Holzstämmen befestigt, die sich über seinem Kopf befand, und das freie Ende fiel bis in die Höhe seiner Kniekehlen herunter. Einige Bretter waren lose auf die Schwellen gelegt, die die Geleise der Bahnlinie trugen, und bildeten so einen Standplatz für ihn und seine Scharfrichter – zwei gemeine Soldaten der Unionsarmee, die von einem Unteroffizier befehligt wurden, welcher im Zivilleben vielleicht stellvertretender Sheriff gewesen sein konnte. In kurzem Abstand befand sich auf derselben Plattform ein Offizier in der Uniform seines Dienstranges, bewaffnet. Es war ein Hauptmann. Ein Wachtposten an jedem Ende der Brücke stand mit dem Gewehr in jener Haltung, die man als ›Präsentiergriff‹ kennt, das heißt, das Gewehr befand sich senkrecht vor der linken Schulter, die Pulverpfanne ruhte auf dem Unterarm, der quer über die Brust gelegt war – eine steife und unnatürliche Stellung, die eine aufrechte Haltung des Körpers erzwingt. Es schien nicht zu den Pflichten dieser beiden Männer zu gehören, sich um das zu bekümmern, was sich in der Mitte der Brücke ereignete; sie versperrten lediglich die beiden Enden jenes mit Bohlen ausgelegten Ganges, der über die Brücke hinwegführte.

Jenseits des einen dieser Wachtposten war sonst niemand zu sehen; die Eisenbahnlinie verlief schnurgerade, führte dann hundert Yard durch einen Wald, beschrieb einen Bogen und kam dadurch außer Sicht. Zweifellos befand sich weiter entfernt noch ein Außenposten. Das andere Ufer des Stromes war ungehindert einzusehendes Gelände – eine sanfte Böschung, gekrönt von einer Palisade aus senkrecht eingerammten Baumstämmen mit kleinen Schießscharten für die Gewehre und einer großen Schießscharte, durch die die Mündung einer Messingkanone ragte, welche die Brücke bestrich. Auf der Mitte der Böschung, zwischen Brücke und Fort, standen die Zuschauer – eine einzige Kompagnie Infanterie, in Reihe angetreten und in ›Rührt-euch‹-Stellung, die Kolben der Gewehre auf den Boden gesetzt, die Gewehrläufe leicht nach hinten gegen die rechte Schulter geneigt und beide Hände über dem Ladestock gekreuzt. Ein Lieutenant stand auf dem rechten Flügel der Reihe, die Spitze seines Degens auf den Boden gestellt, die linke Hand auf der rechten ruhend. Mit Ausnahme der Gruppe von vier Männern in der Mitte der Brücke rührte sich kein Mensch. Die Kompagnie stand mit der Front zur Brücke und blickte steinern, regungslos hinüber. Die Wachtposten, die zum Ufer des Stromes blickten, hätten ebensogut Statuen sein können, die die Brücke schmückten. Der Hauptmann stand mit verschränkten Armen, schweigend, und beobachtete die Arbeit seiner Untergebenen, verriet jedoch keine Bewegung. Der Tod besitzt eine so große Würde, daß er, wenn er angemeldet kommt, selbst von denen mit allen Anzeichen des Respekts empfangen wird, die mit ihm am vertrautesten sind. Im Gesetz der militärischen Etikette sind Schweigen und Reglosigkeit feste Formen der Ehrerbietung.

Der Mann, um dessen Erhängen es ging, war augenscheinlich im Alter von etwa fünfunddreißig Jahren. Es war ein Zivilist, wenn man nach seinem Äußeren urteilen wollte, das dem eines Pflanzers glich. Seine Gesichtszüge waren gut geschnitten – eine gerade Nase, ein fester Mund, eine breite Stirn, aus der das lange dunkle Haar glatt nach hinten gekämmt war und hinter den Ohren bis auf den Kragen seines langen Jacketts hinunter fiel. Er trug Schnurr- und Kinnbart, jedoch keinen Backenbart; seine Augen waren groß und dunkelgrau und besaßen einen freundlichen Ausdruck, den man kaum bei einem erwartet hätte, um dessen Hals bereits die Schlinge lag. Offensichtlich war er kein gewöhnlicher Meuchelmörder. Das großzügige militärische Gesetz hat Vorsorge getroffen, daß alle möglichen Arten von Menschen gehängt werden können, und selbst Gentlemen sind davon nicht ausgeschlossen.

Nachdem die Vorbereitungen abgeschlossen waren, traten die beiden gemeinen Soldaten zurück, und jeder zog das Brett fort, auf dem er gestanden hatte. Der Unteroffizier wandte sich an den Hauptmann, salutierte und stellte sich unmittelbar hinter den Offizier, der seinerseits einen Schritt zur Seite trat. Diese Bewegungen endeten damit, daß der Verurteilte und der Unteroffizier auf den beiden Enden desselben Brettes standen, das drei Querbalken der Brücke überspannte. Das Ende, auf welchem der Verurteilte stand, reichte beinahe, jedoch nicht ganz, bis zum vierten Querbalken. Dieses Brett war bisher vom Gewicht des Hauptmanns in seiner Lage gehalten worden; jetzt wurde es von dem des Unteroffiziers gehalten. Auf ein Zeichen des ersten hin würde jener zur Seite treten, das Brett würde hochkippen und der Verurteilte zwischen zwei Querbalken hindurchfallen. Diese Anordnung empfahl sich seiner Ansicht nach als einfach und wirkungsvoll. Sein Gesicht war nicht bedeckt und seine Augen nicht verbunden worden. Er sah einen Augenblick lang auf seinen unsicheren Standplatz hinunter; dann ließ er seinen Blick zu den wirbelnden Wassern des Stromes wandern, die wie wahnwitzig unter seinen Füßen dahinströmten. Ein Stück tanzendes Treibholz erweckte seine Aufmerksamkeit, und seine Augen folgten ihm den Flußlauf hinunter. Wie langsam es sich zu bewegen schien! Welch ein langweiliger Strom!

Er schloß die Augen, um seine letzten Gedanken auf

Frau und Kinder zu richten. Das Wasser, das von der aufgehenden Sonne in Gold verwandelt war, der Nebel, der auf den Uferbänken in einiger Entfernung stromabwärts lagerte, das Fort, die Soldaten, das Stück Treibholz – alles hatte ihn abgelenkt. Und jetzt wurde er sich einer neuen Störung bewußt. Durch die Gedanken an seine Lieben schnitt ein Laut, den er weder überhören noch sich erklären konnte, ein scharfer, deutlicher, metallischer Schlag wie der, wenn der Schmied seinen Hammer auf den Amboß niedersausen läßt. Er hätte gern gewußt, was es war und ob es unmeßbar weit oder ganz nahe war – es schien beides zugleich zu sein. Er erklang in regelmäßiger Wiederholung, aber so langsam wie das Läuten einer Totenglocke. Jeden Schlag erwartete er mit Ungeduld und – warum, wußte er nicht – mit Furcht. Die Intervalle der Stille wurden von Mal zu Mal länger; die Verzögerungen waren jetzt so, daß sie zum Wahnsinn trieben. Je seltener die Schläge wurden, desto mehr nahmen sie an Lautstärke und Schärfe zu. Sie schmerzten seinem Ohr wie der Stich eines Messers; er fürchtete, losschreien zu müssen. Was er hörte, war das Ticken seiner Uhr. Er schlug die Augen auf und sah unter sich wieder das Wasser. ›Wenn ich meine Hände befreien könnte‹, so überlegte er, ›dann könnte ich vielleicht die Schlinge abwerfen und in den Strom springen. Durch Tauchen könnte ich den Gewehrkugeln ausweichen und, wenn ich kräftig schwämme, das Ufer erreichen, in den Wald gelangen und nach Hause entkommen. Mein Heim liegt bis jetzt, Gott sei gedankt, noch außerhalb ihrer vordersten Linie; mein Weib und meine Kinder befinden sich immer noch jenseits der vordersten Stellungen dieser Eindringlinge.‹

Während diese Gedanken, die hier in Worten niedergelegt werden müssen, eher in das Gehirn des verurteilten Mannes hineindrangen, als aus ihm hervorgingen, nickte der Hauptmann dem Unteroffizier zu. Der Unteroffizier trat einen Schritt zur Seite.

II

Peyton Farquhar war ein wohlhabender Pflanzer aus einer alten und hochangesehenen Familie Alabamas. Selbst Eigentümer von Sklaven und, wie andere Sklavenbesitzer, zugleich Politiker, war er natürlich seiner ganzen Herkunft nach ein Anhänger der Sezession und der Sache der Südstaaten von ganzem Herzen ergeben. Verschiedene Umstände dringender Art, die hier nicht erläutert zu werden brauchen, hatten ihn daran gehindert, Dienst bei der tapferen Armee zu tun, welche die unglücklichen Feldzüge führte, die mit dem Fall der Stadt Corinth endeten, und er litt sehr unter der unglücklichen Verhinderung und sehnte sich nach dem Gebrauch seiner Kräfte, nach dem großzügigeren Leben eines Soldaten, nach der Gelegenheit zur Auszeichnung. Diese Gelegenheit, so spürte er, würde kommen, wie sie in Kriegszeiten für jeden einmal kommt. Mittlerweile tat er, was in seinen Kräften stand. Keine Dienstleistung war für ihn zu gering, um sie nicht zur Unterstützung des Südens zu tun, kein Abenteuer für ihn zu gefahrvoll, um es nicht auszuführen, wenn es mit dem Wesen eines Zivilisten übereinstimmte, der in seinem Herzen Soldat war und guten Glaubens sowie ohne zu viel Befähigung zumindest einem Teil des unverhüllt schändlichen Machtanspruches zustimmte, der sowohl in der Liebe als auch im Kriege berechtigt ist.

Eines Abends, während Farquhar und seine Frau auf einer hölzernen Bank nahe dem Zugang zu seinem Besitz saßen, kam ein grau gekleideter Soldat an das Tor geritten und bat um einen Becher Wasser. Mrs. Farquhar war nur zu froh, ihn mit ihren eigenen gepflegten Händen zu bedienen. Während sie Wasser holte, näherte ihr Ehemann sich dem staubbedeckten Reitersmann und fragte begierig nach Nachrichten von der Front.

»Die Yankees bessern die Eisenbahnlinie aus«, sagte der

Mann, »und machen sich für einen neuen Vormarsch bereit. Sie haben die Owl-Creek-Brücke erreicht, richten sie wieder her und haben auf dem Nordufer Palisaden gebaut. Der Kommandant hat einen Befehl erlassen, der überall angeschlagen ist und in welchem erklärt wird, daß jeder Zivilist, der bei einem Anschlag auf die Bahnstrecke oder ihre Brücken, Tunnels und Züge gefangengenommen wird, auf der Stelle erhängt wird. Ich habe den Befehl selbst gelesen.«

»Wie weit ist es bis zur Owl-Creek-Brücke?« fragte Farquhar.

»Etwa dreißig Meilen.«

»Befinden sich auf dieser Seite des Flusses Truppen?«

»Nur eine Feldwache eine halbe Meile landeinwärts, unmittelbar an der Eisenbahnlinie, sowie ein einzelner Wachtposten an dem diesseitigen Ende der Brücke.«

»Angenommen, ein Mann – ein Zivilist und gelehriger Schüler in der Kunst des Hängens – würde die Feldwache umgehen und vielleicht dem Wachtposten zuvorkommen«, sagte Farquhar lächelnd, »was könnte er erreichen?«

Der Soldat überlegte. »Ich war vor einem Monat dort«, erwiderte er. »Ich habe beobachtet, daß das Hochwasser des vergangenen Winters eine große Menge Treibholz an dem hölzernen Brückenpfeiler angeschwemmt hat, der sich am diesseitigen Ende der Brücke befindet. Es ist jetzt strohtrocken und wird wie Zunder brennen.«

Die Ehefrau hatte das Wasser gebracht, das der Soldat trank. Er dankte ihr geziemend, verbeugte sich vor ihrem Ehemann und ritt davon. Eine Stunde später, nach Einbruch der Nacht, kam er wiederum an der Pflanzung vorüber und ritt nordwärts in jene Richtung, aus der er gekommen war. Es war ein Kundschafter der Unionstruppen gewesen.

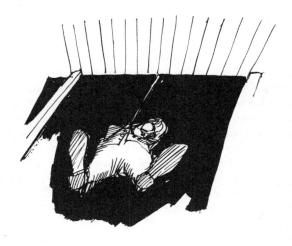

III

Während Peyton Farquhar geradewegs zwischen den Querbalken der Brücke hindurchfiel, verlor er das Bewußtsein und war ein beinahe Toter. Aus diesem Zustand erwachte er – nach Ewigkeiten, wie ihm schien – durch den Schmerz eines schneidenden Druckes auf seine Kehle, gefolgt von einem Gefühl des Erstickens. Grelle, durchdringende Todeszuckungen schienen von seinem Genick aus durch jede Faser seines Körpers und seiner Gliedmaßen zu schießen. Diese Schmerzen waren so, als durchführen sie ganz bestimmte Verästelungen und träten in unbegreiflich schneller Folge auf. Sie ähnelten Strömen von pulsierendem Feuer, das in ihm eine unerträgliche Hitze anfachte. Und in seinem Kopf verspürte er nichts als ein Gefühl der Völle – eine Stauung. Diese Empfindungen waren von keinem einzigen Gedanken begleitet. Der verstandesmäßige Teil seines Wesens war bereits ausgelöscht; er hatte nur noch die Kraft des Empfindens, und Empfinden war eine Qual. Er wurde sich irgendeiner Bewegung bewußt. Eingehüllt in eine strahlende Wolke, deren glühendes Herz er lediglich war, ohne jede materielle Substanz, schwang er wie ein ungeheuer großes Pendel in unvorstellbaren Bögen hin und her.

Dann schoß auf einmal das Licht mit einer fürchterlichen Plötzlichkeit und dem Geräusch eines lauten Aufklatschens nach oben; ein schreckliches Tosen war in seinen Ohren, und alles war kalt und finster. Die Macht des Denkens war zurückgekehrt; er wußte, daß das Seil gerissen und er in den Strom gefallen war. Es gab keine neue Art Strangulierung für ihn; die um seinen Hals liegende Schlinge schnürte ihm bereits die Luft ab und verhinderte das Eindringen des Wassers in seine Lungen. Den Tod durch Erhängen am Grunde eines Flusses zu sterben! – diese Vorstellung schien ihm beinahe lachhaft. Er schlug die Augen auf und sah über sich einen Schimmer von Licht, aber wie fern, wie unerreichbar. Er sank immer noch tiefer, denn das Licht wurde schwächer und immer schwächer, bis es nur noch ein bloßes Glimmen war. Dann begann es zu wachsen und heller zu werden, und er wußte, daß er wieder an die Oberfläche stieg – wußte es mit Widerwillen, denn er fühlte sich jetzt sehr wohl. ›Gehängt und ertränkt zu werden‹, so dachte er, ›das ist nicht so schlimm. Aber erschossen möchte ich nicht werden. Nein! Ich will nicht erschossen werden; das wäre nicht gerecht.‹

Er war sich jetzt einer Anstrengung bewußt, und ein schneidender Schmerz in seinem Handgelenk machte ihm deutlich, daß er versuchte, seine Hände freizubekommen. Diesem Bemühen widmete er seine ganze Aufmerksamkeit, wie ein Müßiggänger die Geschicklichkeit eines Taschendiebes beobachtet, ohne an dem Ausgang interessiert zu sein. Welch großartiger Versuch! Welch prachtvolle, übermenschliche Kraft! Ein glänzendes Unternehmen war das! Bravo! Der Strick löste sich; seine Arme trennten sich und glitten nach oben, die Hände waren in dem langsam heller wer-

denden Licht undeutlich zu erkennen. Mit neuem Interesse beobachtete er sie, wie erst die eine und dann die andere nach der Schlinge, die um seinen Hals lag, griff. Sie zogen an dem Seil und warfen es wütend weg, und seine Bewegungen ähnelten denen einer Wasserschlange. ›Legt sie wieder um! Legt sie wieder um!‹ Er glaubte, diese Worte seinen Händen zuzurufen, denn dem Lockern der Schlinge war der schrecklichste stechende Schmerz gefolgt, den er bisher verspürt hatte. Sein Genick tat entsetzlich weh; sein Gehirn stand in Flammen, und sein Herz, das nur noch schwach geflattert hatte, tat einen gewaltigen Satz und versuchte, sich durch seinen Mund ins Freie zu zwängen. Sein ganzer Körper wurde von einer unerträglichen Pein gefoltert und verrenkt! Aber seine ungehorsamen Hände schenkten dem Befehl nicht die geringste Beachtung. Heftig zerteilten sie mit schnellen, nach unten gerichteten Schwimmstößen das Wasser und zwangen ihn, an die Oberfläche zu steigen. Er merkte, wie sein Kopf aus dem Wasser tauchte; seine Augen waren vom Sonnenschein geblendet. Sein Brustkorb weitete sich krampfhaft, und mit einer letzten, alles übertreffenden Anstrengung pumpten seine Lungen ungeheure Mengen Luft in sich herein, woraufhin er sofort einen gellenden Schrei ausstieß!

Er war jetzt im vollen Besitz seiner körperlichen Sinne. In Wirklichkeit waren sie sogar übernatürlich wach und gespannt. Irgend etwas in der schrecklichen Verwirrung seines organischen Systems hatte sie so gesteigert und geläutert, daß sie jetzt Dinge vermeldeten, die sie bisher niemals wahrgenommen hatten. Er spürte die Wellen, die sein Gesicht berührten, und hörte dabei den Laut jeder einzelnen, die ihn traf. Er blickte zu dem Wald am Ufer des Stromes hinüber und sah jeden einzelnen Baumstamm, die Blätter und die Adern jedes einzelnen Blattes – sogar die Insekten sah er, die auf ihnen saßen: Heuschrecken, Fliegen mit ihrem schillernden Leibern, graue Spinnen, die ihre Netze von Zweig zu Zweig spannten. Er bemerkte die Regenbogenfarben aller Tautropfen auf den Millionen von Grashalmen. Das Summen der Mücken, die über den Wasserstrudeln des Stromes tanzten, der Flügelschlag der Libellen, die Schwimmstöße der Wasserspinnen, deren Beine wie Ruder waren, die ein Boot vorwärtsbewegten – alles das verursachte eine hörbare Musik. Ein Fisch glitt dicht unterhalb seiner Augen dahin, und er hörte das Rauschen, mit dem der Fischleib das Wasser zerteilte.

Mit dem Gesicht stromabwärts, war er an die Oberfläche gekommen; im nächsten Augenblick schien die sichtbare Welt sich langsam zu drehen, wobei er selbst der Drehpunkt war, und er sah die Brücke, das Fort, die Soldaten auf der Brücke, den Hauptmann, den Unteroffizier, die beiden gemeinen Soldaten, seine Scharfrichter. Deutlich hoben sie sich gegen den blauen Himmel ab. Sie schrien und gestikulierten und deuteten auf ihn. Der Hauptmann hatte seinen Revolver gezogen, schoß jedoch nicht; die übrigen waren unbewaffnet. Ihre Bewegungen waren grotesk und schrecklich, ihre Gestalten riesig.

Plötzlich vernahm er einen scharfen Knall, und irgend etwas schlug glatt, wenige Zentimeter von seinem Kopf entfernt, in das Wasser und bespritzte sein Gesicht. Er hörte einen zweiten Knall und sah einen der Wachtposten, der sein Gewehr angelegt hatte, aus dessen Mündung eine kleine Wolke bläulichen Qualms aufstieg. Der Mann im Wasser sah das Auge des Mannes auf der Brücke, das über das Visier hinweg in sein eigenes starrte. Er bemerkte, daß es ein graues Auge war, und erinnerte sich, gelesen zu haben, daß graue Augen am schärfsten wären und daß alle berühmten Meisterschützen graue Augen hätten. Nichtsdestoweniger hatte dieser eine sein Ziel verfehlt.

Eine Gegenströmung hatte Farquhar ergriffen und ihn halb herumgedreht; jetzt blickte er wieder auf den Wald am Ufer gegenüber dem Fort. Der Ton einer klaren hellen

Stimme in einem eintönigen Singsang erklang jetzt hinter ihm und drang mit einer Deutlichkeit über das Wasser, die alle übrigen Laute durchschnitt und unterdrückte, selbst das Schlagen der Wellen in seinen Ohren. Obgleich kein Soldat, hatte er doch genügend Lager besucht, um die drohende Bedeutung dieser entschlossenen, gedehnten, helltönenden Melodie zu erkennen. Der Lieutenant am Ufer nahm jetzt am morgendlichen Werk teil. Wie kalt und mitleidlos – mit welch gleichmäßiger, ruhiger Betonung, bei welch ahnungsvoller, eindrucksvoller Ruhe in den Männern – mit welch genau abgezirkelten Pausen fielen diese grausamen Worte:
»Kompagnie Achtung! ... Legt an! ... Fertig! ... Zielt! ... Feuer!«

Farquhar tauchte – tauchte, so tief er konnte. Das Wasser brauste in seinen Ohren wie die Stimme des Niagara, und dennoch vernahm er den gedämpften Donner der Salve, und als er langsam wieder an die Oberfläche stieg, begegnete er leuchtenden Stückchen aus Metall, seltsam abgeplattet, die glitzernd langsam nach unten sanken. Einige von ihnen berührten ihn im Gesicht und an den Händen, glitten dann weg und sanken weiter in die Tiefe. Eines rutschte ihm zwischen Kragen und Hals; es war unangenehm warm, und mit einem schnellen Griff holte er es heraus.

Als er wieder an der Oberfläche war und nach Atem rang, sah er, daß er lange Zeit unter Wasser gewesen war; er befand sich sichtlich ein ganzes Stück weiter stromabwärts – der Sicherheit näher. Die Soldaten waren mit dem Nachladen ihrer Gewehre beinahe fertig; die metallenen Ladestöcke blitzten gemeinsam im Schein der Sonne auf, als sie aus den Läufen gezogen, durch die Luft geschwenkt und in ihre Hüllen gestoßen wurden. Die beiden Wachtposten feuerten wieder, unabhängig voneinander und ergebnislos.

Der gejagte Mann sah all dies über seine Schulter; er schwamm jetzt in kräftigen Stößen mit dem Strom. Sein

Gehirn war genauso voller Tatkraft wie seine Arme und Beine; seine Gedanken hatten die Geschwindigkeit eines Blitzes.

›Der Offizier‹, so überlegte er, ›wird diesen Fehler eines Vorgesetzten nicht zum zweiten Mal begehen. Es ist genauso einfach, einer Salve wie einem einzelnen Schuß durch Tauchen auszuweichen. Wahrscheinlich hat er aber bereits den Befehl gegeben, einzeln und nach eigenem Gutdünken zu schießen. Gott helfe mir, aber allen kann ich durch Tauchen nicht entgehen!‹

Einem entsetzlichen Aufklatschen, keine zwei Yard von ihm entfernt, folgte ein lauter, rauschender Schall – *diminuendo* –, der durch die Luft zum Fort zurückzukehren schien und dort in einer Explosion aufging, die selbst das Wasser des Stromes bis in die Tiefen aufrührte! Eine hochsteigende Wasserfontäne erhob sich über ihm, schwankte, stürzte auf ihn herab, blendete und erstickte ihn! Die Kanone hatte in das Spiel eingegriffen. Während er den Kopf schüttelte, um die Betäubung durch das heruntergestürzte Wasser zu bannen, hörte er das abgeprallte Geschoß, wie es über ihn hinweg durch die Luft sauste, und im allernächsten Augenblick zerschlug und zerschmetterte es die Äste des jenseitigen Waldes.

›Das werden sie nicht noch einmal tun‹, überlegte er. ›Das nächste Mal werden sie mit Kartätschen laden. Ich darf die Kanone nicht aus den Augen lassen; der Pulverqualm wird mich warnen – der Knall dringt zu spät herüber. Er bleibt weit hinter dem Geschoß zurück. Es ist eine gute Kanone.‹

Plötzlich fühlte er sich unaufhörlich herumgewirbelt – wie ein Kreisel drehte er sich. Das Wasser, die Ufer, der Wald, die jetzt entfernte Brücke mit dem Fort und den Menschen – alles war durcheinandergeraten und verschwommen. Die Dinge waren nur an ihren Farben zu erkennen; kreisrunde waagrechte Streifen von Farbe – das war alles, was er sah. Ein Strudel hatte ihn gepackt und wirbelte ihn mit einer Schnelligkeit sowohl im Kreise als auch weiter stromabwärts, daß es ihm schwindelig und übel wurde. Binnen weniger Augenblicke wurde er auf den Kies am Fuß des linken Stromufers geschleudert – es war das südliche Ufer – und fand sich hinter einer vorspringenden Stelle wieder, die ihn vor seinen Feinden verbarg. Die plötzliche Stockung in der Bewegung, das Abschürfen der Haut von einer seiner Hände durch den Kies brachte ihn wieder zu sich, und er weinte vor Erleichterung und Freude. Er grub seine Finger in den Sand, warf ihn mit vollen Händen über sich und segnete ihn hörbar. Wie Diamanten, Rubine und Smaragde sah der Sand aus; er konnte sich nichts Schönes vorstellen, dem der Sand nicht ähnelte. Die Bäume auf dem Ufer waren riesige Parkgewächse; er bemerkte, daß sie deutlich in einer bestimmten Anordnung gepflanzt worden waren, und atmete tief den Duft ihrer Blüten ein. Ein seltsames, rosiges Licht schimmerte zwischen den Stämmen hindurch, und der Wind spielte in ihren Zweigen, daß es wie die Melodie einer Windharfe klang. Er hatte gar nicht das Verlangen, seine Flucht bis zum Ende fortzusetzen – er war zufrieden, an dieser bezaubernden Stelle zu bleiben, bis man ihn wieder aufgriff.

Das Rauschen und Prasseln eines Kartätschenschusses in den Ästen hoch über seinem Kopf erweckte ihn aus seinem Traum. Der genarrte Kanonier hatte ihm aufs Geratewohl zum Abschied einen Schuß nachgeschickt. Er sprang auf die Füße, rannte die ansteigende Uferböschung hinauf und stürzte in den Wald hinein.

Den ganzen Tag hindurch war er unterwegs und richtete seine Schritte nach dem Verlauf der Sonnenbahn. Der Wald schien endlos zu sein; nirgends entdeckte er eine Schneise, nicht einmal einen Holzweg. Er hatte nicht gewußt, daß er in einer so wilden Gegend wohnte. In dieser Erkenntnis lag etwas Unheimliches.

Bei Einbruch der Dunkelheit war er erschöpft, fußmüde und ausgehungert. Der Gedanke an Frau und Kinder drängte ihn weiter. Schließlich stieß er auf eine Straße, die in die ihm richtig dünkende Richtung führte. Sie war so breit und gerade wie die Straßen einer Stadt, und dennoch schien sie unbefahren zu sein. Keine Felder säumten sie ein, nirgends waren Wohnstätten zu sehen. Nicht einmal das Bellen eines Hundes deutete auf menschliche Bewohner hin. Die dunklen Kronen der Bäume bildeten an beiden Seiten eine schnurgerade Mauer, die am Horizont in einem Punkt zusammenliefen, wie wenn man es lernt, perspektivisch zu zeichnen. Über ihm leuchteten, als er durch den Spalt zwischen den Baumkronen nach oben blickte, große goldene Sterne, die fremdartig aussahen und in merkwürdigen Konstellationen zusammenstanden. Er war überzeugt, daß sie in irgendeiner Absicht angeordnet waren, die eine geheimnisvolle und bösartige Bedeutung hatte. Die Bäume beiderseits der Straße waren voller einmaliger Laute, unter denen er – einmal, zweimal und noch einmal – deutlich Geflüster in einer ihm unbekannten Sprache hörte.

Starke Schmerzen durchzogen seinen Hals, und als er seine Hand hob, stellte er fest, daß der Hals entsetzlich angeschwollen war. Er wußte, daß er jetzt dort einen schwarzen Streifen hatte, wo das Seil ihn zusammengeschnürt hatte. Seine Augen waren überanstrengt; er konnte sie nicht mehr schließen. Seine Zunge war vor Durst angeschwollen; er milderte ihre Trockenheit, indem er sie zwischen den Zähnen hindurch weit in die kühle Luft streckte. Wie weich war die unbefahrene Straße durch das Gras, das über sie gewachsen war – er spürte gar nicht das Pflaster!

Zweifellos war er trotz seiner Leiden im Gehen eingeschlafen, denn jetzt sieht er ein anderes Bild – vielleicht ist er auch nur aus einem Fieberwahn aufgewacht. Er steht am Tor seines Heimes. Alles ist genauso, wie er es verlassen hat, und alles liegt strahlend und wunderschön im Licht der

Morgensonne. Die ganze Nacht hindurch muß er gegangen sein. Als er das Tor aufstößt und den breiten weißen Weg entlanggeht, sieht er wehende Frauenkleider; seine Frau, frisch und kühl und süß aussehend, kommt die Treppe der Veranda herab ihm entgegen. Am Fuße der Treppe bleibt sie wartend stehen, mit einem Lächeln unbeschreiblicher Freude und in der Haltung unvergleichlicher Anmut und Würde. Oh, wie wunderschön sie ist! Mit ausgebreiteten Armen springt er vorwärts. Als er sie gerade in seine Arme schließen will, verspürt er einen betäubenden Schmerz im Genick; ein blendendes weißes Licht erfüllt blitzartig alles um ihn her, zugleich mit einem Donnerschlag wie dem Schuß einer Kanone – und dann ist alles Dunkelheit und Stille!

Peyton Farquhar war tot; mit gebrochenem Genick schaukelte sein Leichnam unter dem Gebälk der Owl-Creek-Brücke langsam von der einen Seite zur anderen.

Ein Reiter am Himmel

I

An einem sonnigen Nachmittag des Jahres 1861 lag in einer Gruppe von Lorbeerbäumen am Rand einer Straße in West-Virginia ein Soldat. Er lag in ganzer Länge auf dem Bauch; seine Füße stützten sich auf den Zehen, sein Kopf ruhte auf dem linken Unterarm. Die ausgestreckte Rechte hielt mit lockerem Griff das Gewehr. Man konnte glauben, er sei tot, doch die Lage seiner Glieder – irgendwie schien sie nicht zufällig – und die leichte, rhythmische Bewegung der Patronentasche außen am Koppel widersprachen dem. Er war auf seinem Posten eingeschlafen. Wäre er entdeckt worden, so hätte das kurz danach wirklich seinen Tod bedeutet, denn die Todesstrafe wäre die einzig angemessene und gesetzmäßige Strafe für dieses Verbrechen gewesen.

Der Lorbeerhain mit dem Verbrecher war in der Kehre einer Straße gelegen; bevor sie diese Stelle erreichte, hatte sie in südlicher Richtung eine steile Anhöhe erklommen und war dann scharf nach Westen abgebogen, um vielleicht neunzig Meter am Gipfel entlang weiterzuführen. Danach verlief sie wieder gen Süden und wand sich im Zickzack hinunter durch den Wald. Am Scheitelpunkt der zweiten Kehre ragte ein großer, flacher Felsen nordwärts hinaus über das tiefe Tal, aus dem die Straße emporstieg. Dieser Felsen krönte ein hohes Felsmassiv. Ein Stein, hier von der äußeren Kante in die Tiefe geworfen, wäre dreihundert Meter senkrecht zu den Pinienwipfeln hinabgefallen. Auf einem anderen Ausläufer des gleichen Massivs befand sich die Kehre mit dem Soldaten. Wäre er wach gewesen, so hätte er nicht nur das kurze Teilstück der Straße und den hinausragenden Felsen überblickt, sondern auch die ganze Längsseite des Massivs darunter. Bei dieser Aussicht hätte ihm durchaus schwindlig werden können. Das Land war überall bewaldet, ausgenommen der Talgrund nach Norden hin. Dort erstreckte sich eine kleine, wildwachsende Wiese; sie wurde durchflossen von einem Bach, der vom Rand des Tales aus kaum sichtbar war. Diese Lichtung schien nicht viel größer als ein paar Quadratmeter, dehnte sich aber in Wirklichkeit über mehrere Morgen aus. Ihr Grün war leuchtender als das des umgebenden Waldes. Jenseits davon erhob sich eine Kette riesiger Felsen. Sie glichen dem Massiv, von dem aus wir die wilde Szenerie betrachteten und durch das hindurch die Straße irgendwie den Gipfel erklomm. Die Gliederung des Tales ließ es von diesem Standort aus völlig eingeschlossen erscheinen. Und man konnte sich nur wundern, wie die Straße, nachdem sie einen Weg hinausgefunden hatte, auch wieder einen Weg hineinfand und woher das Wasser jenes Baches, der die Wiese mehr als dreihundert Meter tiefer durchrann, kam und wohin es floß.

Kein Land ist zu wild und unwegsam, als daß Menschen es nicht zum Kriegsschauplatz machen könnten. Versteckt im Wald am hintersten Ende dieser militärischen Rattenfalle, in der ein halbes Hundert Männer – im Besitz der Ausgänge – eine ganze Armee bis zur Kapitulation hätte aushungern können, lagen fünf Regimenter Unionsinfanterie. Den ganzen vorhergehenden Tag und die Nacht hindurch waren sie marschiert und hielten jetzt Rast. Bei Einbruch der Nacht wollten sie wieder zur Straße und dann hinauf bis zu der Stelle, wo jetzt ihr unzuverlässiger Wachtposten schlief; von dort aus sollte der andere Abhang des Höhenzuges hinuntergestiegen und gegen Mitternacht das Lager des Feindes überfallen werden. Sie hofften, den Feind überraschen zu können, denn die Straße führte zur hinteren Seite des Lagers. Im Fall eines Mißerfolges war ihre Lage äußerst gefährlich; und die Unternehmung mußte ganz sicher scheitern, bekäme der Feind durch Zufall oder Wachsamkeit von der Bewegung Kenntnis.

II

Der schlafende Wachtposten in der Baumgruppe war ein junger Mann aus Virginia und hieß Carter Druse. Er war der Sohn wohlhabender Eltern, das einzige Kind, und hatte die Muße, die Ausbildung und den gehobenen Lebensstandard genossen, wie Wohlstand und Geschmack sie im Bergland von West-Virginia bieten konnten. Sein Heimatort lag nur wenige Meilen entfernt von dort, wo er sich gerade auf Posten befand. Eines Morgens war er vom Frühstückstisch aufgestanden und hatte ruhig, aber ernst gesagt: »Vater, ein Unionsregiment ist in Grafton eingetroffen. Ich will mich freiwillig melden.«

Der Vater hob sein löwenhaftes Haupt, sah einen Augenblick, ohne ein Wort zu sagen, den Sohn an und erwiderte: »Gut, gehen Sie, mein Herr, und was auch geschehen mag, tu, was du für deine Pflicht hältst. Virginia, das du verrätst, muß ohne dich weiterkommen. Sollten wir beide den Krieg überleben, dann werden wir uns weiter über dieses Thema unterhalten. Deine Mutter – der Arzt hat es dir gesagt – befindet sich in einem sehr kritischen Zustand; im günstigsten Fall kann sie nur noch ein paar Wochen unter uns sein; diese Zeit aber ist kostbar. Es wäre besser, ihr die Aufregung zu ersparen.«

So verließ Carter Druse sein Elternhaus, um sich dem Soldatenleben zu widmen; er verbeugte sich ehrerbietig vor seinem Vater, und dieser erwiderte den Gruß mit stolzer Höflichkeit, einer Höflichkeit, unter der sich ein gebrochenes Herz verbarg. Durch Gewissenhaftigkeit und Mut, durch hingebungsvolle und kühne Taten bewährte er sich bald vor seinen Kameraden und Vorgesetzten; diese Vorzüge und ein wenig Ortskenntnis hatten bewirkt, daß man ihn für seine gefährliche Aufgabe als vorgeschobenen Vorposten ausgewählt hatte. Nichtsdestoweniger war die Müdigkeit stärker gewesen als der Wille, und er war eingeschlafen.

Wer weiß, welcher gute oder böse Engel ihm im Traum erschien und ihn aus seinem frevlerischen Zustand aufweckte? Ohne jede Bewegung, lautlos in der tiefen Stille des Spätnachmittages, berührte irgendein unsichtbarer Schicksalsbote mit lösenden Fingern die Augen seines Bewußtseins und flüsterte ins Ohr seines Geistes das mysteriöse, aufweckende Wort, das von Menschenlippen niemals ertönte und an das kein menschliches Gedächtnis sich je erinnern konnte. Ruhig hob er die Stirn von seinem Arm auf und sah durch die ihn tarnenden Stämme der Lorbeerbäume hindurch; dabei schloß er instinktiv seine Rechte fester um den Gewehrschaft.

Seine erste Empfindung war eine heftige, künstlerische Freude. Auf einem kolossalen Sockel, dem Felsen, stand bewegungslos an der äußersten Kante der krönenden Klippe, scharf gegen den Himmel abgesetzt, eine Reiterstatue in eindrucksvoller Würde. Die Figur des Mannes lastete aufrecht und soldatisch auf der des Pferdes, jedoch mit der Gelassenheit eines griechischen Gottes, dessen leise angedeutete Bewegung im Marmor erstarrt. Die graue Kleidung harmonierte mit dem Hintergrund aus Luft; das Metall an der Ausrüstung und an der Schabracke wurde durch Schatten abgeschwächt und gemildert; auf dem Fell des Tieres gab es keine Glanzlichter. Ein Karabiner, auffallend perspektivisch verkürzt, lag quer über dem Sattelknauf und wurde von dort von der rechten Hand am ›Griff‹ festgehalten; die linke Hand mit dem Zügel war nicht sichtbar. Als Silhouette vor dem Himmel war das Profil des Pferdes scharf geschnitten wie eine Kamee; es leuchtete herüber durch die luftigen Höhen zu den Felsen auf der anderen Seite. Das leicht abgewandte Antlitz des Reiters ließ nur den Umriß von Schläfe und Bart erkennen; den Blick hatte er auf den Grund des Tales gerichtet. Durch den scharf markierten Umriß vor dem Himmel und durch den Schrecken des Soldaten beim Gedanken, einen Feind unmittelbar vor sich zu

haben, schien das Standbild heroische, fast kolossale Ausmaße anzunehmen.

Für einen Augenblick kam Druse ein fremdartiges, unbestimmtes Gefühl, er habe bis zum Kriegsende geschlafen und erblicke hier ein prächtiges Kunstwerk vor sich; es war auf dieser Anhöhe errichtet worden, um der Taten einer heroischen Vergangenheit zu gedenken, in der er eine unrühmliche Rolle gespielt hatte. Dieses Gefühl wurde durch eine leichte Bewegung zerstreut: ohne die Hufe zu rühren, hatte das Pferd seinen Leib vom Rand ein wenig rückwärts fortbewegt; der Mann verharrte regungslos wie zuvor. Hellwach und ganz gegenwärtig, wie es der Bedeutung der Situation entsprach, legte Druse jetzt den Kolben seines Gewehres an die Wange und schob gleichzeitig den Lauf behutsam durch das Gebüsch, spannte den Hahn und suchte sich über Kimme und Korn einen Flecken auf des Reiters Brust. Eine einzige Berührung des Abzugs, und mit Carter

Druse hätte alles gut gestanden. In diesem Augenblick aber drehte der Reiter seinen Kopf und blickte in die Richtung seines verborgenen Gegners – der Reiter schien dabei in sein eigenes Antlitz zu sehen, in seine eigenen Augen, in sein eigenes tapferes, mitleidiges Herz.

Ist es denn so schrecklich, im Krieg einen Feind zu töten – einen Feind, der ein Geheimnis ausgekundschaftet hat, von dem das eigene Leben und das der Kameraden abhängt, einen Feind, der gefährlicher noch durch sein Mitwissen ist als die ganze feindliche Armee durch ihre Masse? Carter Druse wurde blaß; er zitterte am ganzen Leib, ihm wichen die Kräfte, und er sah das Reiterstandbild vor sich als schwarze Figur: steigend, fallend und sich bewegend in kreisförmigen Bögen durch einen Feuerhimmel. Seine Hand glitt von seiner Waffe ab, langsam sank sein Kopf, bis sein Gesicht auf den Blättern ruhte, auf denen er lag. Dieser mutige Gentleman und verwegene Soldat war nahe daran, vor lauter Aufregung in Ohnmacht zu fallen.

Es dauerte nicht lange; ein paar Augenblicke später hob er sein Gesicht wieder hoch, seine Hände hielten das Gewehr wieder, und der Zeigefinger suchte den Abzug; Geist, Herz und Augen waren klar, das Gewissen und der Verstand unbeschwert. Es bestand keine Hoffnung, den Feind gefangenzunehmen; würde er aber aufgescheucht, so jagte man ihn damit nur mitsamt seiner fatalen Nachricht in sein Lager zurück. Die Pflicht des Soldaten war eindeutig: dieser Mann mußte aus dem Hinterhalt erschossen werden – ohne Warnung, ohne einen Augenblick seelischer Vorbereitung, es mußte mit ihm abgerechnet werden selbst ohne Gewährung noch eines stummen Gebets. Doch halt – es gibt noch eine andere Möglichkeit; es könnte ja sein, daß er gar nichts bemerkt hat – vielleicht bewunderte er nur die Erhabenheit der Landschaft. Wenn man es zuließe, würde er wenden und unbekümmert in der Richtung fortreiten, aus der er gekommen war. Sicherlich könnte man bei seinem Aufbruch

feststellen, ob er etwas entdeckt hat. Es war durchaus möglich, daß seine beständige Aufmerksamkeit ... Druse beugte seinen Kopf nach unten und sah durch die luftigen Tiefen wie von der Oberfläche zum Grund eines durchsichtigen Meeres. Er sah über die grüne Wiese ein gewundenes Band von Figuren, Männer und Pferde, kriechen – irgendein schwachsinniger Kommandeur hatte den Soldaten seiner Eskorte erlaubt, ihre Tiere auf der Lichtung zu tränken, die von einem Dutzend Gipfeln aus eingesehen werden konnte!

Druse wandte seine Augen vom Tal ab und richtete seinen Blick wieder auf Mann und Pferd am Himmel, und wieder geschah es über Kimme und Korn. Die Abschiedsworte seines Vaters klangen in seiner Erinnerung auf, als ob sie einen göttlichen Auftrag übermittelten: ›Was auch geschehen mag, tu, was du für deine Pflicht hältst.‹ Er war ruhig, jetzt. Seine Zähne hielt er fest, aber nicht verbissen geschlossen, seine Nerven waren ausgeglichen wie die eines Säuglings – nicht ein Schauder durchlief irgendeinen Muskel seines Körpers; sein Atem ging regelmäßig und langsam, bis er ihn beim Zielen anhielt. Das Pflichtgefühl hatte gesiegt; der Geist hatte dem Leib befohlen: »Ruhe, sei still.« Er feuerte los.

III

Ein Offizier der Unionstruppen hatte aus Abenteuerlust oder um einen Erkundungsgang zu unternehmen das versteckte Biwak im Tal verlassen und war ohne besondere Absicht zum unteren Ende einer schmalen freien Stelle nahe dem Fuß des Felsens gegangen, wo er nun überlegte, was ihm die Weiterführung seiner Erkundung einbringen würde. Vor ihm, vierhundert Meter entfernt, scheinbar jedoch nur einen Steinwurf weit, stieg aus einem Piniensaum die gigantische Gestalt des Massivs auf und türmte sich zu so großer Höhe über ihm empor, daß es ihn schwindlig machte, dorthin aufzusehen, wo der Grat eine scharfe, zackige Linie in den Himmel schnitt. Der Grat bot vor dem Hintergrund des blauen Himmels bis zu einem bestimmten Punkt auf halber Höhe den Anblick eines schön geformten, waagerechten Profils, und von dort bis zu den Wipfeln der Bäume am Fuß glich er fernen, kaum weniger blauen Hügeln. Als er seine Augen zur schwindelerregenden Höhe aufhob, erblickte der Offizier ein erstaunliches Bild – ein Mann zu Pferde ritt durch die Luft ins Tal hinunter!

Kerzengerade saß der Reiter in militärischer Haltung fest im Sattel und hielt mit starkem Griff die Zügel, damit sein Pferd nicht zu ungestüm davonstürze. Von seinem entblößten Haupt wallte sein langes Haar aufwärts und flatterte wie eine Feder. Die Wolke einer wehenden Pferdemähne verbarg seine Hände. Der Leib des Tieres war so ebenmä-

ßig, als ob jeder Hufschlag sich der widerspenstigen Erde anpaßte. Es lief in wildem Galopp, doch als der Offizier hinsah, endeten seine Bewegungen gerade, indem die Beine wie beim Niedergehn nach einem Sprung vorwärts geworfen wurden. Hier aber war es ein Flug!
Der Offizier, verblüfft und erschreckt durch die Erscheinung eines Reiters am Himmel – halb glaubte er, der auserwählte Schauende einer Art neuer Apokalypse zu sein –, wurde überwältigt von der Stärke seiner Empfindungen; seine Beine versagten ihm, und er fiel zu Boden. Fast im gleichen Augenblick hörte er ein Krachen in den Bäumen, einen Laut, der ohne Echo erstarb – und alles war still. Der Offizier erhob sich zitternd. Das ihm vertraute Gefühl eines aufgeschlagenen Schienbeins brachte seine betäubten Sinne wieder zusammen. Er raffte sich auf und rannte schnell in schräger Richtung vom Felsen fort auf einen vom Fuß des Massivs entfernten Punkt zu; dort ungefähr mußte er den Mann auffinden; und dort würde er natürlich nicht zu finden sein. In dem flüchtigen Augenblick seiner Vision war seine Phantasie durch die sichtliche Grazie und Leichtigkeit des wunderbaren Geschehens und durch angespannte Aufmerksamkeit so erregt worden, daß er nicht bemerkt hatte, wie die Marschrichtung der luftigen Kavallerie geradeswegs nach unten zielte und daß er den Gesuchten unmittelbar am Fuß des Massivs finden könnte. Eine halbe Stunde später kehrte er ins Lager zurück.
Dieser Offizier war ein weiser Mann; er wußte Besseres, als eine unglaubwürdige Wahrheit zu berichten. Er erzählte nichts von dem, was er gesehen hatte. Aber als ihn der Kommandeur fragte, ob er auf seinem Streifzug etwas Wichtiges erspäht habe, antwortete er:
»Ja, Sir; vom Süden her führt keine Straße ins Tal hinunter.«
Der Kommandeur lächelte, weil er es besser wußte.
Nachdem er geschossen hatte, lud Carter Druse sein Ge-

wehr aufs neue und nahm wieder seinen Posten ein. Zehn Minuten waren kaum vergangen, da kam auf Händen und Füßen ein Sergeant der Unionstruppen vorsichtig zu ihm gekrochen. Druse wendete weder den Kopf um, noch sah er ihn an, sondern lag regungslos und ohne Anzeichen, daß er ihn erkannte.

»Haben Sie geschossen?« flüsterte der Sergeant.

»Ja.«

»Worauf?«

»Auf ein Pferd. Es stand auf dem Felsen dort drüben – schön weit draußen. Sie sehen, es ist nicht mehr da. Es stürzte über die Klippe ab.«

Das Gesicht des Mannes war blaß, aber sonst waren bei ihm keine anderen Anzeichen von Erregung zu bemerken. Der Sergeant verstand nicht.

»Hören Sie zu, Druse«, sagte er nach einigen Augenblicken des Schweigens, »es hat keinen Zweck, aus der Sache ein Geheimnis zu machen. Ich befehle Ihnen, Meldung zu machen. Hat jemand auf dem Pferd gesessen?«

»Ja.«

»Und wer?«

»Mein Vater.«

Der Sergeant erhob sich und ging fort. Er sagte nur: »Großer Gott!«

Die Spottdrossel

Die Zeit: ein schöner Sonntagnachmittag im Frühherbst des Jahres 1861. Der Ort: das Innere eines Waldes im Bergland von Südwest-Virginia. Man kann beobachten, wie der Schütze Grayrock von der Unionsarmee bequem angelehnt an der Wurzel einer großen Pinie sitzt, seine Beine sind auf dem Boden lang ausgestreckt, sein Gewehr liegt quer über dem Schoß, die Hände sind gefaltet (damit sie nicht seitwärts zur Erde gleiten) und ruhen auf dem Gewehrlauf. Durch das Anlehnen seines Hinterkopfes an den Baum war seine Mütze nach vorn über die Augen gerutscht und bedeckte sie fast ganz; wenn man ihn sah, konnte man glauben, er schliefe.

Schütze Grayrock schlief nicht; hätte er geschlafen, dann wären die Interessen der Unionsstaaten gefährdet gewesen, denn er befand sich weit vor der vordersten Linie, und der Feind konnte ihn leicht töten oder gefangennehmen. Überdies war seine seelische Verfassung der Ruhe nicht gerade günstig. Der Grund für die Beunruhigung lag in folgendem: während der vorhergehenden Nacht hatte man ihn der Feldwache zugeteilt und als Vorposten in diesem Waldstück eingesetzt. Die Nacht war klar, wenn auch der Mond nicht schien, aber im Wald herrschte tiefe Finsternis. Grayrock stand auf seinem Posten in beträchtlicher Entfernung vom nächsten Posten rechts und links, denn die Wachen waren unnötig weit vom Lager aufgestellt worden, so daß sich die Postenlinie für die vorgesehene Mannschaft als zu ausgedehnt erwies. Der Krieg dauerte noch nicht lange, und in den Militärlagern hing man noch dem Irrtum an, daß man sich während der Nachtruhe besser durch schwach besetzte, weit draußen am Feind liegende Postenketten schützte als durch stärker besetzte in der Nähe des Lagers. Und gewiß: die Zeit, bis sie die Annäherung des Feindes erfuhren, mußte ja auch so lang wie möglich sein, waren sie doch gerade dabei, sich auszuziehen – nichts konnte natürlich unsoldatischer sein. Am Morgen jenes denkwürdigen sechsten April waren in Shiloh viele von Grants Männern so nackt wie Zivilisten von den Bajonetten der Konföderierten aufgespießt worden; doch es muß eingeräumt werden, daß sich dies nicht durch ein Versagen der Vorpostenkette ereignete. Der Fehler lag anderswo: es waren gar keine Vorposten aufgestellt worden. Das mag jetzt vielleicht eine unnütze Abschweifung sein. Ich sollte hier nicht versuchen, den Leser für das Schicksal einer ganzen Armee zu interessieren; was wir hier im Auge behalten müssen, ist das Schicksal des Schützen Grayrock.

Zwei Stunden stand er still wie eine Statue, nachdem man ihn an jenem Samstag nachts auf seinem Posten allein gelassen hatte, lehnte am Stamm eines großen Baumes, starrte vor sich in die Dunkelheit und versuchte irgendwelche bekannten Dinge wiederzuerkennen; er war nämlich an der gleichen Stelle schon tagsüber auf Wache gewesen. Aber jetzt schien alles anders; er konnte keine Einzelheiten ausmachen, sondern nur Gruppierungen von Dingen, deren Umrisse fremd anmuteten, weil er sie am Tage nicht genauer betrachtet hatte, als noch bessere Sicht war. Für ihn hatte es die Dinge an diesem Platz bisher noch nie gegeben. Außerdem ist eine Landschaft aus lauter Bäumen und Unterholz nicht sehr einprägsam; sie ist unübersichtlich und besitzt keine markanten Punkte, an denen sich der Beobachter orientieren kann. Man denke sich noch die Finsternis einer mondlosen Nacht, dann gehört schon etwas mehr dazu als nur hohe natürliche Intelligenz und eine städtische Erziehung, um sich zurechtzufinden. Bei einem Rundgang schließlich verlor dann der Schütze Grayrock die Richtung und beeinträchtigte dadurch ernsthaft seine Nützlichkeit als Vorposten; das geschah so: er hatte den Raum vor sich wachsam beobachtet, wollte aber unklugerweise die gesamte Umgebung etwas näher untersuchen – soweit sie im Dunkel noch sichtbar war – und kam vom Weg ab, als er geräuschlos dabei auch den Baum umstreifte. Von seinem Posten entfernt – unfähig festzustellen, aus welcher Richtung er den Feind zu erwarten hatte und wo das schlafende Lager lag, für dessen Sicherheit er mit seinem Leben bürgte – eingedenk auch vieler anderer unangenehmer Einzelheiten der Situation, überlegte der Schütze Grayrock, daß zugleich seine eigene Sicherheit bedroht war, und verfiel einer tiefen Unruhe. Auch blieb ihm keine Zeit, seinen Gleichmut wiederzufinden, denn fast im selben Augenblick, als er sich seine mißliche Lage klarmachte, hatte er ein Rascheln im Laub und ein Knacken von heruntergefallenen Zweigen gehört. Ihm war das Herz stehengeblieben; er drehte sich um in die Richtung, aus der die Geräusche kamen, und sah in der Finsternis die unbestimmten Umrisse einer menschlichen Gestalt.

»Halt!« rief der Schütze Grayrock mit entschlossener, dienstlicher Stimme und verlieh seinem Befehl Nachdruck mit dem harten, metallischen Schnappen beim Spannen des Hahnes – »Wer da?«

Es kam keine Antwort; zumindest verzögerte sie sich einen Augenblick, und so ging sie, wenn sie überhaupt erfolgte, im Gewehrknall des Postens unter. Der Lärm war in der Stille der Nacht und des Waldes ohrenbetäubend, und kaum war er abgeklungen, da lebte er durch das antwortende Gewehrfeuer der Posten rechts und links wieder auf. Zwei Stunden lang sah dann jeder unverbesserliche Zivilist unter den Soldaten in seiner Phantasie und in den Wäldern Feinde vor sich, und außerdem verriet Grayrocks Schuß die Anwesenheit des ganzen Heeres. Nach der Schießerei zogen sich alle atemlos in ihre Ausgangsstellungen zurück – alle, außer Grayrock; er wußte nicht, in welche Richtung er gehen mußte. Als das aufgestöberte Lager, zwei Meilen entfernt, nachdem kein Feind erschienen war, sich entkleidet und wieder zur Ruhe gelegt hatte – die Postenkette war vorsichtigerweise wieder aufgestellt worden –, entdeckte man Grayrock tapfer auf seinem Platz ausharrend, und er wurde vom wachhabenden Offizier belobigt, daß er der einzige Soldat in diesem todgeweihten Haufen sei, der im Verfall der Werte das moralische Gleichgewicht wiederherstellte, ›ein Rufer in der Wüste‹ sozusagen.

Wie dem auch sei, in der Zwischenzeit hatte Grayrock gründlich, aber vergeblich, nach den sterblichen Überresten des Eindringlings gesucht, dem sein Schuß gegolten hatte und von dem er mit dem untrüglichen Sinn des Scharfschützen annahm, daß er ihn getroffen habe; denn er war einer jener geborenen Experten, die wegen ihrer instinktiven Treffsicherheit schießen, ohne zu zielen, und die bei Nacht fast genauso gefährlich sind wie am Tage. Volle sechs Monate seiner vierundzwanzig Jahre war er ein Schrecken der Scheibenwarte aller Schießstände in drei Städten gewesen. Nun blieb es ihm versagt, für seinen Todesmut einen sichtbaren Beweis zu erbringen, er war jedoch so besonnen, den Mund zu halten, und freute sich, durch seinen Offizier und die Kameraden in der allzu natürlichen Annahme bestärkt zu werden, daß er nur deswegen nichts Feindliches gesehen habe, weil er nicht auch fortgelaufen war. Seine ›ehrenvolle Nennung‹ kam jedenfalls dadurch zustande, daß er nicht fortlief.

Nichtsdestoweniger war der Schütze Grayrock weit davon entfernt, sich mit dem Abenteuer dieser Nacht zufriedenzugeben; am nächsten Tag suchte er sich einen hinlänglichen Vorwand, um einen Passierschein für einen Gang vor die eigenen Linien zu erhalten, und das Generalkommando bewilligte diesen auch in Anerkennung seiner Tapferkeit während der vorhergehenden Nacht; er erzählte dem wachhabenden Posten, ihm sei etwas verlorengegangen, was allzu gut stimmte, und nahm die Suche nach dem vermeintlich Erschossenen wieder auf, den er, sollte er nur verwundet worden sein, durch die Blutspur aufzufinden hoffte. Er war bei Tageslicht nicht erfolgreicher als in der Nacht zuvor, und nachdem er ein weites Gebiet kreuz und quer durchlaufen hatte und dabei voller Kühnheit ein gutes Stück in ›konföderiertes Land‹ vorgedrungen war, gab er die Suche, müde geworden, auf, setzte sich an die Wurzel der großen Pinie und gab sich seiner Enttäuschung hin.

Es darf nun nicht gefolgert werden, daß der Ärger Grayrocks der eines grausamen Menschen über eine mißlungene Bluttat war. In den klaren großen Augen, den gutgeformten Lippen und auf der Stirn des jungen Mannes konnte man etwas anderes lesen, und tatsächlich war sein Charakter eine einzige glückliche Zusammensetzung von Kühnheit und Sensibilität, von Mut und Gewissen.

›Ich bin enttäuscht‹, sagte er sich, am Grund des goldenen Dunstes sitzend, in den der Wald wie in ein feineres Meer getaucht war, ›enttäuscht, weil ich keinen Mitmenschen gefunden habe, der durch meine Hand umgekommen ist! Wünsche ich denn wirklich, jemandem in Erfüllung einer Pflicht, die ebenso ohne diese Tat hätte erfüllt werden können, das Leben genommen zu haben? Nein, was hätte mir überhaupt Besseres passieren können? Wenn wirklich eine Gefahr drohte, so hat mein Schuß sie abgewendet; genau das war meine Aufgabe dort. Ich bin wirklich froh, daß kein Menschenleben unnütz durch mich ausgelöscht wurde. Aber ich stehe in einem falschen Licht. Ich habe geduldet, daß meine Offiziere mich beglückwünschten und meine Kameraden mich beneideten. Das Lager schallt vom Lob meines Mutes. Das ist nicht richtig; ich weiß, daß ich mutig bin, aber dieses Lob gilt einer ganz bestimmten Tat, die ich nicht vollbracht habe oder doch zumindest auf eine andere Weise. Es wird geglaubt, ich sei, ohne zu schießen, tapfer auf meinem Posten geblieben, während ich in Wirklichkeit das Gewehrfeuer eröffnete und mich in der allgemeinen Aufregung nur darum nicht zurückzog, weil ich den Kopf

verloren hatte. Was soll ich nun tun? Einfach erklären, ich hätte einen Feind gesehen und auf ihn geschossen? Sie haben das gleiche alle auch von sich behauptet, doch keiner glaubt es. Soll ich eine Wahrheit sagen, die meinen Mut in Mißkredit bringt und so die Wirkung einer Lüge hat? Puh! Das alles ist eine scheußliche Sache. Ich wünschte bei Gott, daß ich meinen Mann noch finden könnte!‹

Und mit diesem Wunsch im Herzen wurde der Schütze Grayrock von der Schwüle des Nachmittags übermannt und durch die ruhigen Laute der Insekten, die auf einigen duftenden Büschen summten und sich gütlich taten, eingelullt, so daß er die Interessen der Unionsstaaten vergaß, einschlief und sich der Gefahr der Gefangennahme aussetzte. Und im Schlaf träumte er.

Er wähnte sich ein Junge, seine Heimat war ein fernes, schönes Land am Ufer eines breiten Flusses, auf dem die großen Dampfer unter sich türmenden schwarzen Rauchmassen majestätisch auf und ab fuhren; schon lange, bevor sie in den Flußschleifen auftauchten, kündigte der Rauch sie an und ließ ihre Fahrt erkennen, wenn noch gar nichts von ihnen zu sehen war. Während er sie beobachtete, war ihm stets einer zur Seite, den er mit Herz und Seele liebte – sein

Zwillingsbruder. Gemeinsam schlenderten sie über die Uferdämme am Strom; gemeinsam erforschten sie die weiter entfernt liegenden Felder und sammelten auf den alles überragenden Hügeln scharfe Minze und Stiele duftenden Sassafras-Lorbeers, und hinter den Hügeln lag das Reich der Mutmaßungen; von hier aus konnten sie mit dem Blick nach Süden über den großen Fluß hinüber einen Schimmer des Zauberlandes wahrnehmen. Hand in Hand wanderten die zwei – einzige Kinder einer verwitweten Mutter – in völliger Eintracht auf Lichtpfaden durch friedliche Täler und sahen neue Dinge unter einer neuen Sonne. Und all die goldenen Tage durchströmte ein unaufhörlicher Ton – die reiche, ergreifende Melodie einer Spottdrossel in einem Käfig an der Hüttentür. Wie eine musikalische Benediktion überbrückte der Ton alle Unterbrechungen des Traums und füllte sie aus. Der fröhliche Vogel sang ununterbrochen; seine unendlich variablen Töne schienen mühelos bei jedem Herzschlag als schäumendes Bächlein aus seiner Kehle zu fließen, wie die Wasser einer sprudelnden Quelle. Diese frische, klare Melodie schien wirklich die Seele des ganzen Traumbildes zu sein, Inhalt und Deutung der Mysterien des Lebens und der Liebe.

Aber es kam eine Zeit, da sich die Tage im Traum vor Sorge verfinsterten und in einer Flut von Tränen versanken. Die gute Mutter war tot, das an einer Wiese gelegene Haus am großen Fluß wurde abgebrochen, und die beiden Brüder wurden auseinandergerissen; jeder kam zu einem anderen Verwandten. William (der Träumer) zog in eine dichtbevölkerte Stadt im Lande der Mutmaßungen, während John den Fluß zum Zauberland überquerte und in eine ferne Gegend mußte, deren Bewohner, wie berichtet wurde, in ihrer Lebensweise fremd und boshaft waren. John war bei der Aufteilung der mütterlichen Habe das einzige zugefallen, was beiden wertvoll war, die Spottdrossel nämlich. Zwar konnte man sie beide auseinanderreißen, den Vogel jedoch nicht, und so wurde dieser ins fremde Land fortgeschafft und war nun für die Welt Williams auf ewig verloren. Dennoch erfüllte der Vogelsang den Traum auch noch später, in der Zeit der Einsamkeit, und schien für immer im Ohr und im Herzen zu klingen.

Die Verwandten, die die Jungen adoptiert hatten, lebten in Feindschaft und ohne jede Verbindung. Eine Zeitlang wechselten die Jungen Briefe voll von jungenhaften Prahlereien und überheblichen Schilderungen ihrer neuen, größeren Erfahrungen, groteske Beschreibungen ihres wachsenden Gesichtskreises und der neuen Welten, die sie sich erobert hatten; aber in diesem Briefwechsel wurden die Pausen allmählich länger, und mit dem Umzug Williams in eine andere, größere Stadt hörte er schließlich völlig auf. Doch was auch geschah, es wurde immer begleitet vom Gesang der Spottdrossel, und als der Träumer die Augen öffnete und durch die Pinienreihen des Waldes hindurchstarrte, machte ihm erst das Aufhören des Gesanges bewußt, daß er wach war. Die Sonne stand im Westen tief und rot; durch die gleichmäßigen Strahlen warf jeder der riesigen Pinienstämme nach Osten eine Schattenwand, quer durch den goldenen Dunst, bis später Licht und Schatten in einem ununterscheidbaren Blau verschmolzen. Der Schütze Grayrock stand auf, sah sich vorsichtig um, schulterte sein Gewehr und setzte sich Richtung Lager in Bewegung. Als er vielleicht eine halbe Meile gegangen war und an einem Lorbeerdickicht vorbeikam, erhob sich aus dessen Mitte gerade ein Vogel, setzte sich auf einen Ast über ihm und ließ aus seiner fröhlichen Brust so unerschöpfliche Fluten Gesanges erschallen, wie sie nur eines von Gottes Geschöpfen zum Preis des Schöpfers hervorzubringen vermag. Es war nichts Besonderes dabei – nur der Schnabel öffnete sich und atmete; doch wie getroffen blieb der Mann stehen – blieb stehen, ließ das Gewehr fallen, sah zum Vogel auf, bedeckte mit den Händen die Augen und weinte wie ein Kind! In diesem Augenblick war er wirklich ein Kind, in seiner Seele und Erinnerung, er wohnte wieder am großen Fluß, gegenüber lag das Zauberland! Mit einer Willensanstrengung raffte er sich wieder zusammen, hob sein Gewehr auf, schimpfte sich selber hörbar einen Idioten und schritt dann weiter. Beim Passieren einer Lichtung, die sich tief in das kleine Dickicht erstreckte, schaute er hinein und sah dort, auf dem Rücken mit weit ausgebreiteten Armen am Boden liegend, in einer grauen Uniform mit einem einzelnen Blutflecken auf der Brust, das weiße Gesicht weit nach hinten und oben gereckt, sein eigenes Ebenbild! – den Leib des John Grayrock, gestorben an einer Schußwunde, und noch warm! Jetzt hatte er seinen Mann gefunden.

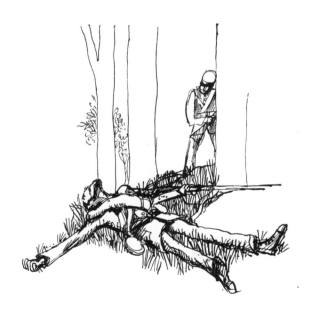

Als der unglückliche Soldat neben dem Opfer dieser Meisterleistung des Bürgerkriegs niederkniete, beendete der laut zwitschernde Vogel auf dem Zweig über ihm seinen Gesang, erglühte in der karmesinfarbenen Pracht des Sonnenunterganges und glitt schweigend fort durch die feierliche Weite des Waldes. Beim Abendappell im Lager der Unionstruppen kam beim Aufrufen des Namens William Grayrock keine Antwort, und auch danach nie wieder.

Das Gefecht am Coulter-Paß

»Glauben Sie, Oberst, daß Ihr tapferer Coulter gern eines seiner Geschütze hier in Stellung bringen würde?« fragte der General.

Er hatte es offensichtlich nicht ernst gemeint; denn es schien ganz bestimmt nicht der Platz zu sein, den irgendein Artillerist, so tapfer er auch sein mochte, ausgesucht hätte, um ein Geschütz in Stellung zu bringen. Der Oberst dachte, möglicherweise wolle sein Divisionskommandeur humorvoll darauf anspielen, daß in einem Gespräch zwischen ihnen der Mut des Hauptmanns Coulter zu hoch veranschlagt worden war.

»Herr General«, erwiderte er hitzig und wies mit einer Handbewegung in die Richtung des Feindes, »Coulter würde sein Geschütz überall in Stellung bringen, wo er diese Leute da beschießen könnte.«

»Also nur hier«, sagte der General. Dieses Mal war es sein Ernst.

Der Platz war eine Senke, ein ›Paß‹, der auf dem scharfen Grat eines Hügels lag. Es war ein Übergang, der von spanischen Reitern abgeriegelt wurde; sie bildeten an dieser Stelle den höchstgelegenen Punkt einer gewundenen Kette von Drahtverhauen, die durch einen lichten Wald aufwärtsstieg und nun in ähnlichem Verlauf, wenn auch nicht ganz so steil, von hier zum Feind hin abfiel. Einschließlich eines Streifens von einer Meile zu beiden Seiten des Kammes war das Gelände für die Artillerie nicht zugänglich, obwohl die Infanterie der Unionstruppen diesen Teil bereits besetzt hatte und dicht hinter dem scharfen Grat lag; man hätte glauben können, sie würden dort oben nur durch irgendeinen atmosphärischen Druck festgehalten. Denn der Paß bot kaum der Straße, die ihn in seiner ganzen Breite ausfüllte, genug Raum. Seitens der Sezessionstruppen wurde dieser

Punkt von zwei Batterien beherrscht, die sich jenseits eines Baches auf einer etwas niedrigeren Anhöhe in Stellung befanden, eine halbe Meile entfernt. Alle Geschütze, bis auf eines, waren durch die Bäume eines Obstgartens getarnt; dieses eine – fast schien es Dreistigkeit – stand auf einer frei gelegenen Rasenfläche vor einem ziemlich pompösen Gebäude, dem Wohnhaus des Pflanzers. Obwohl das Geschütz so offen zur Schau stand, war ihm ausreichender Schutz gewährt – aber nur, weil es den Unionstruppen verboten war, das Feuer zu eröffnen. Der Coulter-Paß – er wurde später so genannt – war an diesem schönen Sommernachmittag nicht der Ort, wo man ›gern ein Geschütz in Stellung gebracht hätte‹.

Drei oder vier tote Pferde lagen auf der Straße hingestreckt, drei oder vier tote Männer lagen in einer geraden Reihe etwas abseits vom Straßenrand, ein Stück den Hügel hinunter. Bis auf einen waren es alles Kavalleristen, die zur Vorhut der Unionstruppen gehört hatten. Einer war ein Quartiermeister. Der kommandierende General der Division und der Oberst, der die Brigade befehligte, waren zusammen mit ihren Stäben und Eskorten in den Paß geritten, um die Geschütze des Feindes, die gerade von turmhohen Rauchwolken eingehüllt wurden, in Augenschein zu nehmen. Es war nicht besonders aufschlußreich, Geschütze zu beobachten, die gerade mit der List des Tintenfisches operierten, und so war die Besichtigung nur kurz gewesen. Bei ihrer Beendigung – man stand jetzt etwas weiter zurück als anfangs – wurde dann das Gespräch geführt, von dem schon teilweise berichtet worden ist. »Nur von hier aus«, wiederholte der General nachdenklich, »werden wir sie erwischen.«

Der Oberst sah ernst aus. »Der Platz reicht nur für ein Geschütz, Herr General – eines gegen zwölf.«

»Das stimmt – jedes Mal nur für eins«, antwortete der Divisionskommandeur mit einer Art Lächeln, das doch ganz und gar kein echtes Lächeln war. »Aber dann nur Ihr tapferer Coulter – er allein schon ersetzt eine ganze Batterie.«

Der ironische Unterton war unmißverständlich. Das ärgerte den Oberst, aber er wußte im Augenblick nicht, was er sagen sollte. Der Geist, der auf militärischem Gehorsam gründet, begünstigt keine schlagfertigen Antworten, nicht einmal die Empfindung, sich entschuldigen zu müssen.

In diesem Augenblick kam ein junger Artillerieoffizier, begleitet von seinem Hornisten, langsam die Straße heraufgeritten. Es war Hauptmann Coulter. Er konnte nicht mehr als dreiundzwanzig Jahre alt sein. Er war mittelgroß, jedoch sehr schlank und wendig; seine Haltung zu Pferde hatte etwas von der eines Zivilisten. Sein Gesicht unterschied sich auffallend von den Gesichtern der Männer um ihn herum; es war schmal, hatte eine große Nase, graue Augen und einen leicht blonden Schnurrbart; von der gleichen Farbe war auch das lange, ziemlich strähnige Haar. Er trug seine Uniform sichtbar nachlässig. Die Schirmmütze saß ein bißchen schief; sein Rock war nur unter dem Säbelkoppel zugeknöpft, ein großes Stück des weißen Hemdes, für die Dauer des Feldzuges noch leidlich sauber, leuchtete hervor. Aber die Nachlässigkeit betraf nur seine Kleidung und sein Gebaren überhaupt; in seinem Gesicht lag ein Ausdruck von lebhaftem Interesse an allem, was um ihn herum geschah. Seine grauen Augen, die manchmal wie Scheinwerfer nach rechts und links über die Landschaft zu huschen schienen, blickten jedoch meistens auf einen Punkt am Himmel jenseits des Passes; aber bis zu seiner Ankunft auf dem Gipfel der Steigung sollte in dieser Richtung nichts Besonderes zu sehen sein. Als er an seinem Divisions- und Brigadekommandeur vorbeikam, grüßte er mechanisch und wollte weiterreiten. Der Oberst aber gab ihm ein Zeichen, anzuhalten.

»Hauptmann Coulter«, sagte er, »der Feind hat da drüben auf der nächsten Anhöhe zwölf Geschütze stehen. Wenn ich den General richtig verstanden habe, befiehlt er Ihnen, ein Geschütz hier heraufzubringen und das Feuer auf sie zu eröffnen.«

Es herrschte eisige Stille; der General verfolgte unerschütterlich, wie ein Regiment langsam durch das struppige Unterholz einen Hügel hinaufschwärmte, es glich einer zerfetzten, schmutzigen Wolke blauen Rauchs; der Hauptmann schien den General nicht beobachtet zu haben. Bald darauf fragte der Hauptmann, langsam und mit offensichtlicher Anstrengung:

»Auf der nächsten Anhöhe haben Sie gesagt, Sir? Stehen die Geschütze in der Nähe des Hauses?«

»Ach so, Sie sind hier schon einmal vorbeigekommen? Jawohl, unmittelbar neben dem Haus.«

»Und ist es – unerläßlich, auf sie das Feuer zu eröffnen? Gilt der Befehl unwiderruflich?«

Seine Stimme klang rauh und gebrochen. Er war sichtlich blasser geworden. Der Oberst war erstaunt und verärgert. Er beobachtete unauffällig den Kommandeur. In dessen starrem, unbeweglichem Gesicht gab es keine Anzeichen irgendeiner Regung; es war hart wie Bronze. Einen Augenblick später ritt der General davon, gefolgt von seinem Stab und seiner Eskorte. Der gekränkte und empörte Oberst wollte gerade den Befehl erteilen, Hauptmann Coulter in Arrest zu bringen, da gab der Hauptmann mit tiefer Stimme seinem Hornisten einige Anweisungen, grüßte und ritt geradeaus in den Paß hinein, wo er – durch das Fernglas blickend – und sein Pferd kurz danach auf dem höchsten Punkt der Straße vor dem Himmel auftauchten, scharf umrissen und einem Standbild ähnlich. Der Hornist jagte im Galopp die Straße hinunter und verschwand hinter einem Waldstück. Bald darauf konnte man sein Horn in den Zedern singen hören, und schon unglaublich kurze Zeit darauf kamen ein einzelnes Geschütz und ein Munitionswagen, je mit sechs Pferden bespannt und mit der vollen Mannschaft

besetzt, springend und polternd in einem Staubwirbel die Steigung herauf; dann wurde, noch in voller Deckung, das Geschütz abgeprotzt und mit den Händen mitten durch die toten Pferde auf den fatalen Gipfel hinaufgeschoben. Ein Handzeichen des Hauptmanns, ein paar ungewöhnlich flinke Ladegriffe der Männer, und fast noch ehe die Soldaten am Wegesrand das Verstummen der polternden Räder bemerkt hatten, schnellte schon eine große weiße Wolke über den Abhang hinaus, und dann hatte, nach einem ohrenbetäubenden Knall, das Gefecht am Coulter-Paß begonnen.

Es ist nicht beabsichtigt, auf Einzelheiten des grausigen Kampfes und auf besondere Ereignisse einzugehen – es war ein Kampf ohne wechselnde Phasen, außer jenen, die sich in den verschiedenen Graden der Verzweiflung ausprägten. Fast im gleichen Augenblick, als aus dem Geschütz Hauptmann Coulters die herausfordernde Pulverwolke hervorschoß, antworteten ihm schon zwölf Pulverwolken, die von unten, aus den Bäumen am Plantagenhaus, aufstiegen und denen ein tiefer, vielfacher Knall wie ein zerbrochenes Echo donnernd nachfolgte; und von da an bis zu ihrem Ende kämpften die Artilleristen der Unionsarmee ihren aussichtslosen Kampf, umgeben von lebendig gewordenem Eisen, dessen Gedanken Blitze und dessen Taten Tod waren.

Der Oberst wollte den Bemühungen, die er nicht unterstützen konnte, und dem Schlachten, dem kein Einhalt geboten werden durfte, nicht zusehen und stieg, eine Viertelmeile weiter links, den Hügel hoch, von wo aus der Paß – selbst unsichtbar – infolge der nacheinander aufsteigenden Rauchmassen wie der Krater eines Vulkanes aussah, der sich in donnernden Eruptionen entlud. Mit seinem Fernglas beobachtete er die feindlichen Geschütze und, so gut er konnte, die Wirkung von Coulters Feuer – wenn es wirklich Coulter selbst noch war, der das Kommando führte. Er stellte fest, daß Coulters Kanoniere nur das eine feindliche Geschütz unter Beschuß nahmen, das auf der freien Rasenfläche vor dem Haus stand, während sie die anderen Geschütze, deren Stellungen nur an ihrem Pulverdampf zu erraten waren, unbeachtet ließen. Über und bei jenem verwegenen Geschütz krepierten die Granaten in Abständen von wenigen Sekunden. Einige Granaten schlugen auch in das Haus ein, wie man an den dünnen Rauchfahnen sehen konnte, die aus den Mauerbreschen aufstiegen. Gestalten niedergestreckter Männer und Pferde waren deutlich zu erkennen.

»Wenn unsere Kameraden schon eine so gute Arbeit mit

einem einzigen Geschütz leisten«, sagte der Oberst zu einem Ordonnanzoffizier, der sich gerade in der Nähe befand, »wie müssen sie dann erst unter dem Beschuß von zwölf Geschützen zu leiden haben? Die armen Teufel! Gehen Sie hinunter und überbringen Sie dem augenblicklichen Kommandoführer meine Glückwünsche zu der großen Treffsicherheit seines Feuers.«

Dann sagte er, indem er sich zu seinem Adjutanten wandte:

»Haben Sie Coulters verdammte Widerspenstigkeit bei der Ausführung von Befehlen bemerkt?«

»Ja, Sir, es ist mir aufgefallen.«

»Gut; bitte schweigen Sie darüber. Ich glaube nicht, daß der General ihn vor ein Kriegsgericht stellen läßt. Er wird wahrscheinlich genug damit zu tun haben, den Zusammenhang zu erläutern, der zwischen ihm und dieser ungewöhnlichen Form von Belustigung für die Nachhut einer fliehenden Armee besteht.«

Ein junger Offizier näherte sich von unten und erklomm atemlos die Anhöhe. Fast bevor er gegrüßt hatte, keuchte er heraus:

»Herr Oberst, ich soll von Oberst Harmon melden, daß die Geschütze des Feindes von unseren Gewehren bequem erreicht werden können. Die meisten bieten von mehreren Stellen des Höhenzuges aus ein gutes Ziel.«

Der Brigadekommandeur sah ihn an, ohne daß sich die Spur eines Interesses auf seinem Gesicht abzeichnete. »Ich weiß es«, antwortete er ruhig.

Der junge Adjutant war sichtlich verwirrt. »Oberst Harmon würde gern die Erlaubnis erhalten, die feindlichen Geschütze zum Schweigen zu bringen«, stammelte er.

»Ich auch«, erwiderte der Oberst in derselben Tonart. »Überbringen Sie Oberst Harmon meine Empfehlungen und sagen Sie ihm, daß das Schießverbot, das der General für die Infanterie erlassen hat, immer noch gültig ist.«

Der Adjutant grüßte und ging. Der Oberst drehte sich um, indem er seinen Hacken in die Erde bohrte, um wieder die Geschütze des Feindes zu beobachten.

»Herr Oberst«, sagte der Adjutant, »ich weiß nicht, ob ich das sagen sollte, aber irgend etwas stimmt bei der Sache nicht. Haben Sie zufällig schon gewußt, daß Hauptmann Coulter aus dem Süden stammt?«

»Nein; ist das tatsächlich der Fall?«

»Man hat mir erzählt, daß im letzten Sommer die Division, die der General damals befehligte, wochenlang in der Nähe von Coulters Haus kampiert hat und ...«

»Hören Sie!« unterbrach ihn der Oberst, wobei er die Hand hob. »Hören Sie *das*?«

Er meinte damit das Verstummen des Geschützes der eigenen Artillerie. Der Stab, die Ordonnanzen, die Linien der Infanterie, die hinter dem Hügelkamm lagen – alle hatten es ›gehört‹ und blickten neugierig in die Richtung des Kraters, aus dem kein Rauch mehr aufstieg, außer ab und zu ein Wölkchen, das von den feindlichen Granaten stammte. Dann schmetterte ein Horn, und das schwache Rattern von Rädern erscholl; schon eine Minute später knallte es wieder laut, in rascherer Folge als zuvor. Das zerschossene Geschütz war durch ein neues ersetzt worden.

»Ja«, fuhr der Adjutant fort und berichtete weiter, »der General machte die Bekanntschaft der Familie Coulter. Es gab Unstimmigkeiten – die wahren Gründe kenne ich nicht – aber irgendwie hing es mit Coulters Frau zusammen. Sie ist eine glühende Anhängerin der Sezessionspartei – wie übrigens alle, außer Coulter selbst – aber sie ist eine gütige Gattin und eine vornehme Frau. Dann erfolgte eine Beschwerde an das Armeehauptquartier. Anschließend wurde der General zu dieser Division versetzt. Es ist sonderbar, daß gerade Coulters Batterie später auch dieser Division zugeteilt worden ist.«

Der Oberst hatte sich von dem Felsbrocken erhoben, auf

dem sie gesessen hatten. In seinen Augen loderte äußerste Entrüstung.

»Passen Sie auf, Morrison«, sagte er und sah seinem redseligen Stabsoffizier in die Augen, »wer hat Ihnen die Geschichte erzählt, ein Gentleman oder Lügner?«

»Ich möchte nichts darüber sagen, wie ich das alles erfahren habe, Herr Oberst, es sei denn, es wäre unumgänglich« – er errötete ein bißchen –, »aber ich bürge mit meinem Leben dafür, daß im großen und ganzen alles der Wahrheit entspricht.«

Der Oberst wandte sich zu einer kleinen Gruppe von Offizieren um, die etwas abseits standen. »Leutnant Williams!« rief er.

Einer der Offiziere löste sich aus der Gruppe, kam herbeigeeilt, grüßte und sagte: »Verzeihen Sie, Herr Oberst, ich dachte, Sie wären unterrichtet worden. Williams ist unten am Geschütz gefallen. Kann ich etwas tun, Sir?«

Leutnant Williams war der Ordonnanzoffizier, der das Vergnügen gehabt hatte, dem kommandoführenden Offizier des Geschützes die Glückwünsche des Brigadekommandeurs zu überbringen.

»Gehen Sie«, befahl der Oberst, »und ordnen Sie den sofortigen Rückzug des Geschützes an. Nein – ich werde es selbst tun.«

Er eilte – hinter ihm sein kleines Gefolge, das völlig durcheinandergebracht war – über Felsbrocken und durch Brombeersträucher den Abhang hinunter und hielt, in halsbrecherischem Tempo, auf das hintere Ende des Passes zu. Am Fuß des Abhangs stiegen sie auf ihre dort wartenden Pferde, ritten in lebhaftem Trab auf die Straße und erreichten, nachdem sie eine Kurve durchritten hatten, den Paß. Der Anblick, der sich ihnen darbot, war entsetzlich!

In dem Hohlweg, für ein einzelnes Geschütz kaum breit genug, türmten sich die Trümmer von nicht weniger als vier Geschützen übereinander. Bemerkt hatten sie nur das Ver-

stummen des zuletzt ausgefallenen – es waren nicht genügend Männer vorhanden gewesen, um es schnell gegen ein neues austauschen zu können. Die Überreste lagen zu beiden Seiten der Straße; die Männer hatten einen Durchgang freigehalten, in dem jetzt das fünfte Geschütz stand und feuerte. Die Männer? – sie sahen aus wie Dämonen aus dem Abgrund! Keiner hatte einen Helm auf, alle waren bis zur Hüfte entblößt, ihre nach Schweiß riechende Haut war von Pulverflecken geschwärzt und mit Blutstropfen bespritzt. Sie arbeiteten wie Wahnsinnige, mit Ladestock und Kartusche, mit Hebebaum und Lunte. Sie preßten ihre geschwollenen Schultern bei jedem Rückstoß gegen die Räder und schoben das schwere Geschütz mit blutenden Händen wieder auf seinen alten Platz zurück. Es gab keine Kommandos; in dieser grauenvollen Umgebung von heulenden Geschossen, krepierenden Granaten, kreischenden Eisenstücken und Holzsplittern, die durch die Luft flogen, hätte niemand etwas verstanden. Offiziere, wenn überhaupt noch ein Offizier vorhanden war, konnte man nicht unterscheiden; alle arbeiteten zusammen – jeder standhaft auf seinem Platz – indes sie sich nur mit Blicken verständigten. Wenn mit dem Wischer das Rohr gesäubert war, wurde geladen; wenn das Geschütz geladen war, wurde das Ziel neu anvisiert und gefeuert. Der Oberst beobachtete etwas für seine militärische Erfahrung völlig Neues – etwas Entsetzliches und Unnatürliches: das Geschütz blutete aus dem Rohrende! Aus zeitweiligem Mangel an Wasser hatte der Mann, der das Rohr zu säubern hatte, seinen Wischer in eine Blutlache eines gefallenen Kameraden getaucht. Aber daran war nichts, wogegen das Gefühl sich sträuben konnte; sein Handeln war eindeutig den Erfordernissen des Augenblicks entsprungen. Wenn einer fiel, schien ein anderer, etwas weniger Beschmutzter, der nun in die Fußstapfen des Toten trat, der Erde zu entsteigen, um dann auch zu fallen.

Bei den zusammengeschossenen Geschützen lagen die zusammengeschossenen Männer – neben den Trümmern, darunter und darauf; und auf der Straße, ein Stück zurück und weiter unten, krochen – welch gräßliche Prozession! – auf Händen und Knien diejenigen der Verwundeten, die sich fortbewegen konnten. Der Oberst, der aus Mitgefühl seine Kavalkade auf der rechten Seite außen herum geschickt hatte, mußte über die Toten reiten, um die noch Lebenden nicht zu verletzen. Ruhig nahm er mitten durch diese Hölle hindurch seinen Weg, ritt an das Geschütz heran und klopfte, von dem vorhergehenden Abschuß in Rauch gehüllt, dem Mann, der den Ladestock hielt, auf die Wange; dieser stürzte im gleichen Augenblick zu Boden, weil er dachte, er sei getötet. Ein siebenmal fluchbeladener Teufel tauchte aus dem Rauch auf und wollte gerade auf seinen Platz springen, als er plötzlich einhielt und den berittenen Offizier mit unirdischem Blick anstarrte, wobei zwischen den schwarzen Lippen seine Zähne hervorblitzten und seine weit aufgerissenen Augen wie glühende Kohlen unter seinen blutigen Brauen wild leuchteten. Der Oberst machte eine gebieterische Handbewegung und deutete nach rückwärts. Der Teufel verbeugte sich zum Zeichen des Gehorsams. Es war Hauptmann Coulter. Gleichzeitig mit der befehlenden Gebärde des Obersten war auch plötzliche Stille auf dem gesamten Schlachtfeld eingetreten. Die Prozession der Geschosse hatte aufgehört, in jenen Hohlweg des Todes zu strömen, denn auch der Feind hatte sein Feuer eingestellt. Die Sezessionsarmee war bereits Stunden zuvor abgerückt, und der Kommandeur der Nachhut, der gefährlich lange auf seinem Posten ausgeharrt hatte, hoffend, er könne das Feuer aus dem Geschütz der Unionsartillerie noch zum Schweigen bringen, hatte gerade in diesem seltsamen Augenblick den Befehl erteilt, der den Beschuß enden ließ. »Ich wußte gar nicht, daß meine Autorität so weit reicht«, bemerkte der Oberst und ritt zum Vorderrand des Kammes, um zu sehen, was nun wirklich geschehen war.

Schon eine Stunde später biwakierte die Brigade auf dem ehemals feindlichen Gelände, und einige Müßiggänger unter den Soldaten betrachteten mit einer Art Scheu, wie der Gläubige Reliquien eines Heiligen anschaut, eine Anzahl von toten Pferden, die ihre Beine von sich streckten, sowie drei zerstörte Geschütze, die man vernagelt hatte. Die Gefallenen waren fortgeschafft worden, weil der Anblick ihrer zerfetzten und zerschmetterten Leiber für den Feind eine zu große Genugtuung bedeutet hätte.

Natürlich belegten der Oberst und sein Anhang das Wohnhaus. Zwar war es ziemlich stark beschädigt, aber immerhin fand man mehr Schutz darin als unter freiem Himmel. Die Möbel waren durcheinandergefallen und zertrümmert. Wände und Decken waren an verschiedenen Stellen heruntergebrochen, und sämtliche Räume durchzog ein zäher Geruch von Pulverrauch. Die Betten, die Wandschränke für Damenkleidung und die sonstigen Schränke waren kaum in Mitleidenschaft gezogen. Die neuen Bewohner machten es sich für eine Nacht bequem, und das eigentliche Vernichtungswerk der Batterie Coulter lieferte ihnen ein interessantes Thema.

Während des Abendessens erschien eine Ordonnanz der Eskorte im Speisezimmer und bat um Erlaubnis, den Oberst sprechen zu dürfen.

»Was ist los, Barbour?« fragte der Oberst freundlich; er hatte überhört, daß die Ordonnanz ihn sprechen wollte.

»Herr Oberst, im Keller stimmt irgend etwas nicht; ich weiß nicht, was – irgend jemand ist da. Ich habe dort unten herumgestöbert.«

»Ich werde hinuntergehen und nachsehen«, unterbrach ihn ein Stabsoffizier und erhob sich.

»Ich komme mit«, sagte der Oberst, »die anderen können hierbleiben. Gehen Sie voraus, Ordonnanz.«

Sie nahmen eine Kerze vom Tisch und stiegen die Kellertreppe hinab, die Ordonnanz in sichtlicher Angst. Die Kerze gab nur ein schwaches Licht, aber dann wurde plötzlich, als sie ein Stück weiter gegangen waren, in ihrem spärlichen Schein eine menschliche Gestalt sichtbar; sie saß mit angezogenen Knien und stark nach vorn gebeugtem Kopf an der schwarzen Steinwand, die sie entlang gingen, auf dem Boden. Das Gesicht – welches man eigentlich im Profil hätte erblicken müssen – war nicht zu sehen, denn der Mann hatte sich so weit vornübergebeugt, daß sein langes Haar das Gesicht verbarg; und der viel dunkler gefärbte Bart – es klingt zwar merkwürdig – reichte bis auf den Boden, eine große, wirre Masse, und lag dort neben ihm. Unfreiwillig hielten sie inne; dann nahm der Oberst selbst die Kerze aus der zitternden Hand der Ordonnanz und trat näher an den Mann heran, um ihn genau zu betrachten. Der lange, dunkle Bart war das Haar einer Frau – sie war tot. Die Tote hielt in ihren Armen einen toten Säugling umklammert. Beide wurden umschlungen von den Armen des Mannes, der Mutter und Kind an seine Brust und gegen seine Lippen preßte. Das Haar der Frau war von Blut verklebt; blutig

war auch das Haar des Mannes. Einen Meter entfernt, nahe einer Stelle, wo die festgestampfte Erde des Kellers durch äußere Einwirkung eingebrochen war – es handelte sich um eine erst neue Vertiefung; in ihrem Grund ragte an der einen Seite die Rundung eines Stückes Eisen heraus, das an seinen Rändern gezackt war –, lag der Fuß eines Kindes. Der Oberst hielt die Kerze so hoch er konnte. Der Boden des Zimmers über dem Keller war heruntergebrochen, aus allen Ecken hingen die Splitter herab. »Diese Kasematte ist nicht bombensicher«, sagte der Oberst ernst. Es kam ihm nicht in den Sinn, daß seine Schlußfolgerung einzig Oberflächlichkeit verriet.

Sie standen unterdessen schweigend um die Gruppe herum; der Stabsoffizier dachte an das Abendessen, das er stehen gelassen hatte, und die Ordonnanzen stellten Vermutungen darüber an, was möglicherweise in einem der Fässer sein mochte, die auf der anderen Seite des Kellers standen.

Plötzlich hob der Mann, den sie tot glaubten, den Kopf und sah sie unbewegt an. Sein Gesicht war pechschwarz; die Wangen waren deutlich gezeichnet durch unregelmäßige, von den Augen an abwärts verlaufende Schlangenlinien. Auch die Lippen leuchteten weiß aus dem Gesicht hervor wie die eines Negers der Bühne. Blutflecken waren auf seiner Stirn.

Der Stabsoffizier trat einen Schritt zurück, die Ordonnanzen zwei.

»Was haben Sie hier zu suchen, Mann?« fragte der Oberst ungerührt.

»Dieses Haus gehört mir, Sir«, wurde höflich geantwortet.

»Ihnen? Ach so, ich verstehe! Und die da?«

»Meine Frau und mein Kind. Ich bin Hauptmann Coulter.«

Parker Adderson, Philosoph

»Gefangener, wie heißen Sie?«
»Weil man morgen bei Tagesanbruch meinen Namen auslöschen wird, dürfte es kaum noch von Nutzen sein, ihn zu verheimlichen. Parker Adderson.«
»Ihr Dienstgrad?«
»Ein ziemlich niedriger; aktive Offiziere sind zu kostbar, als daß man sie in gefährlichen Spionageaffären aufs Spiel setzt. Ich bin Sergeant.«
»Von welchem Regiment?«
»Sie müssen schon entschuldigen; meine Antwort wird Ihnen, nehme ich an, eine Vorstellung davon geben, womit Sie es hier zu tun haben. Ich habe Ihre Linien durchbrochen, um zu erfahren, welches Regiment hier liegt, und nicht, um über meines Auskunft zu erteilen.«
»Sie sind nicht ganz ohne Witz.«
»Wenn Sie geduldig warten, werden Sie ihn morgen bereits bei mir vermissen können.«
»Woher wissen Sie, daß Sie morgen sterben müssen?«
»Mit Spionen, die nachts gefangen werden, verfährt man üblicherweise so. Es ist eine der schönsten Gepflogenheiten, die zu diesem Beruf gehören.«

Der General verzichtete von jetzt an darauf, das Respekteinflößende seiner Person – das jeden hohen Offizier der Sezessionsarmee kennzeichnete, in diesem Fall einen Offizier, der weithin auch für sein Lächeln bekannt war – besonders zu betonen. Doch keiner, der seinem Befehl unterstand und von seinem Wohlwollen abhing, hätte dieses äußerliche und sichtbare Zeichen einer gewissen Gewogenheit schon als glückliches Omen gedeutet. Der Gefühlsumschwung des Generals wirkte weder aufheiternd, noch wurde irgendein anderer davon erfaßt; keiner der sonst Anwesenden bemerkte ihn überhaupt – der gefangene Spion nicht, der den Anlaß dazu gegeben hatte, und der bewaffnete Posten nicht, der den Gefangenen in das Zelt geführt hatte und nun etwas abseits stand und ihn im gelben Kerzenschein beobachtete. Zu den Pflichten eines Kriegers gehörte das Lächeln nicht; er war für andere Aufgaben eingesetzt. Das Verhör wurde fortgeführt; eigentlich handelte es sich um die Untersuchung eines Kapitalverbrechens.

»Sie geben also zu, daß Sie ein Spion sind – daß Sie sich in mein Lager eingeschlichen haben – zur Tarnung zogen Sie die Uniform der Sezessionsarmee an – um sich insgeheim Informationen über die Stärke und Verfassung meiner Truppen zu beschaffen.«

»Besonders interessiert mich die Stärke. Die Verfassung der Truppen war mir bereits bekannt. Sie sind verdrossen.«

Das Gesicht des Generals heiterte sich wieder auf; der Posten, der seine Verantwortlichkeit strenger einschätzte, bekam einen noch ernsteren Gesichtsausdruck, seine Haltung war jetzt noch ein wenig aufrechter als zuvor. Während er seinen grauen Schlapphut auf seiner Fingerspitze wirbeln ließ, betrachtete der Spion müßig seine nähere Umgebung. Sie war einfach genug. Das Zelt war ein gewöhnliches ›Hauszelt‹, ungefähr zwei Meter vierzig mal drei Meter groß; es wurde von einer einzigen Wachskerze, im Heft eines Bajonettes steckend, erleuchtet; das Bajonett selbst steckte in einem Kiefernholztisch, an dem der General saß und gerade eifrig schrieb, wobei er offensichtlich seinen mißliebigen Gast vergessen hatte. Ein alter, zerschlissener Teppich bedeckte die blanke Erde; ein alter Lederkoffer, ein zweiter Stuhl und zusammengerollte Decken waren ringsum alles, was das Zelt sonst noch enthielt; unter General Claverings Kommando hatten sich konföderierte Schlichtheit und der Verzicht auf ›Pomp und Staat‹ zur höchsten Wirksamkeit entwickelt. Auf einem großen Nagel, der in den Zeltstock am Eingang geschlagen worden war, hingen ein Säbelkoppel mit Degen, eine Pistole mit Halfter und, absurd genug, ein Jagdmesser. Von dieser höchst unmilitärischen Waffe pflegte der General zu sagen, sie wäre für ihn ein Andenken an friedlichere Tage, da er noch Zivilist gewesen war.

Es war eine stürmische Nacht. Der Regen floß in Sturzbächen auf die Zeltbahn mit dem dumpfen, trommelnden Geräusch, das jedem Zeltbewohner so vertraut ist. Wenn die heulenden Böen auf das Zelt drückten, schwankte das lockere Gefüge und zerrte und riß an den Haltepflöcken und Seilen.
Der General beendete sein Schriftstück, faltete das halbe Blatt Papier und sagte zu dem Soldaten, der Adderson bewachte: »Hier, Tassman, bringen Sie das meinem Adjutanten; dann kommen Sie zurück.«
»Und der Gefangene, Herr General?« fragte der Soldat, als er grüßte und einen forschenden Blick in die Richtung des Unglückseligen warf.
»Tun Sie, was ich befohlen habe«, erwiderte der General knapp. Der Soldat nahm das Schriftstück und verließ, sich bückend, das Zelt. General Clavering wandte sein edles Gesicht dem Spion zu, sah ihm in die Augen, jedoch nicht unfreundlich, und sagte: »Es ist eine böse Nacht, Mann.«
»Für mich, ja.«
»Können Sie sich denken, was ich geschrieben habe?«
»Sicherlich etwas Lesenswertes, möchte ich sagen. Und – vielleicht ist das aber nur meine Eitelkeit – ich wage zu vermuten, daß darin von mir die Rede ist.«
»Jawohl; es ist ein Tagesbefehl, der den Truppen beim Morgenappell verlesen werden soll. Er betrifft Ihre Exekution. Außerdem sind es Anweisungen für den Chef der Feldgendarmerie, wie die Vorbereitungen zu treffen sind.«
»Ich hoffe, Herr General, daß das Schauspiel mit Verstand arrangiert wird, denn ich selbst muß ja dabei sein.«

»Gibt es irgendwelche Dinge, die Sie noch regeln möchten? Wollen Sie zum Beispiel vorher noch einen Pfarrer sprechen?«

»Mein innerer Friede wird kaum größer werden dadurch, daß ich ihm seinen Frieden nehme.«

»Großer Gott, Mann! Glauben Sie wirklich, in den Tod gehen zu können nur mit Scherzen auf den Lippen? Ist Ihnen bewußt, daß es eine sehr ernste Sache ist?«

»Wie kann mir das bewußt sein? In meinem ganzen Leben bin ich noch nie tot gewesen. Ich habe zwar schon gehört, daß der Tod eine ernste Angelegenheit sein soll, aber niemals von denen, die selbst davon betroffen worden waren.«

Der General schwieg einen Augenblick; der Mann interessierte, ja, amüsierte ihn vielleicht – es war ein Typ, dem er zuvor noch nie begegnet war.

»Der Tod«, sagte er, »ist zumindest ein Verlust – ein Verlust des Glücksgefühls, das wir besitzen, und der Möglichkeit, es zu steigern.«

»Ein Verlust, der uns nie bewußt wird, kann gelassen ertragen und darum ohne Angst erwartet werden. Ihnen wird bereits aufgefallen sein, Herr General, daß bei keinem der Gefallenen, die Sie nach Ihrem soldatischen Gutdünken auf Ihren Weg gestreut haben, Anzeichen des Bereuens festzustellen waren.«

»Wenn auch der Zustand des Todes selbst nicht zu beklagen ist, so doch der Weg dahin – der Akt des Sterbens – er scheint eindeutig jedem gegen den Strich zu gehen, der die Kraft des Fühlens noch nicht ganz verlor.«

»Schmerz ist zweifellos unangenehm. Ich habe ihn niemals ohne mehr oder weniger Unbehagen ertragen. Doch wer am längsten lebt, ist ihm auch am längsten ausgesetzt. Was Sie Sterben nennen, ist nur der letzte Schmerz – mit ihm allerdings kann sich wirklich nichts vergleichen. Nehmen Sie zum Beispiel einmal an, daß ich versuchen würde, zu fliehen. Sie würden den Revolver, den Sie höflicherweise in Ihrem Schoß versteckt halten, hochheben und ...«

Der General errötete wie ein Mädchen, lachte dann leise, wobei seine prächtigen Zähne sichtbar wurden, beugte leicht seinen stattlichen Kopf und schwieg. Der Spion fuhr fort: »Sie würden schießen, und ich hätte etwas in meinem Bauch, das ich nicht verdauen könnte. Ich würde zwar hinfallen, wäre aber nicht tot. Nach einer halbstündigen Agonie wäre ich schließlich gestorben. Aber in jedem Augenblick während dieser halben Stunde gehörte ich entweder dem Leben oder dem Tode an. Es gibt keinen Übergang.

Wenn ich morgen früh gehängt werde, wird es ebenso sein; solange ich das Bewußtsein habe, werde ich leben; wenn ich tot bin, dann ohne Bewußtsein. Die Natur scheint die Angelegenheit ganz in meinem Sinne geregelt zu haben – so, wie ich sie selbst geregelt hätte. Es ist alles so unkompliziert«, fügte er mit einem Lächeln hinzu, »daß es kaum lohnt, überhaupt aufgehängt zu werden.«

Als er mit seinen Ausführungen zu Ende war, trat ein langes Schweigen ein. Der General saß teilnahmslos da und sah dem Mann ins Gesicht; offenbar dachte er aber nicht darüber nach, was eben gesagt worden war. Nur seine Augen schienen den Gefangenen zu beobachten, während sein Geist sich mit anderen Dingen beschäftigte. Bald darauf atmete er lang und tief ein, erschauerte wie jemand, der aus einem schrecklichen Traum erwacht, und stieß fast lautlos hervor: »Der Tod ist entsetzlich!« – dieser Mann des Todes.

»Er war für unsere wilden Vorfahren entsetzlich«, erwiderte der Spion ernst, »weil sie nicht genügend Denkvermögen besaßen, die Vorstellung des Bewußtseins von den physischen Formen zu trennen, in denen sich das Bewußtsein manifestiert – so, wie auf einer viel niedrigeren Intelligenzstufe, zum Beispiel der des Affen, es unmöglich sein mag, sich ein Haus ohne Bewohner vorzustellen oder beim Anblick einer zerfallenen Hütte nicht auch gleichzeitig den Be-

wohner zu sehen, den es gar nicht gibt. Für uns ist er entsetzlich, weil uns diese Denkweise angeboren ist; mit ihren wilden und phantasievollen Theorien über eine andere Welt prägt sie unsere Todesvorstellung – so lassen die Namen von Plätzen Legenden entstehen, die die Namen erklären, so rechtfertigen wir den Tod mit unbegründeten philosophischen Spekulationen. Sie können mich hängen lassen, Herr General, aber damit endet Ihre verderbliche Macht; Sie können mich nicht dazu verdammen, in den Himmel zu müssen.«

Der General schien nicht zugehört zu haben; die Ausführungen des Spions schienen die Gedanken des Generals nur in ungewohnte Bahnen gelenkt zu haben, dort aber verfolgten sie unabhängig ihre eigenen Ziele und führten zu Schlußfolgerungen eigener Art. Der Sturm hatte aufgehört, und irgend etwas vom feierlichen Geist dieser Nacht hatte sich seinen Gedankengängen mitgeteilt und tönte sie düster mit einem übernatürlichen Grauen. Vielleicht lag eine Vorahnung darin. »Ich würde diese Nacht nicht sterben wollen«, sagte er – »nicht diese Nacht.«

Er wurde unterbrochen – falls er tatsächlich beabsichtigt haben sollte, weiterzusprechen – weil ein Offizier seines Stabes eingetreten war, Hauptmann Hasterlick, der Chef der Feldgendarmerie. Das versetzte den General wieder in die Wirklichkeit zurück; der abwesende Blick verschwand von seinem Gesicht.

»Hauptmann«, sagte er und erwiderte den Gruß des Offiziers, »dieser Mann hier ist ein Yankee-Spion, er wurde hinter unseren Linien gefaßt, man fand belastende Aufzeichnungen bei ihm. Er hat gestanden. Wie ist das Wetter?«

»Der Sturm ist vorbei, Sir, jetzt scheint der Mond.«

»Gut; stellen Sie ein Kommando zusammen, führen Sie den Mann sofort auf den Paradeplatz und lassen Sie ihn erschießen.«

Ein schriller Schrei ertönte von den Lippen des Spions. Er warf sich nach vorn, reckte den Hals, riß seine Augen auf und rang die Hände.

»Großer Gott!« schrie er heiser, so daß es kaum zu verstehen war; »das kann doch nicht Ihr Ernst sein! Sie vergessen, daß ich nicht vor morgen früh sterben sollte.«

»Ich habe nichts von morgen gesagt«, antwortete der General kalt; »das war *Ihre* Annahme. Sie sterben jetzt.«

»Aber, Herr General, ich bitte Sie – ich flehe Sie an, erinnern Sie sich doch, ich soll ja gehängt werden! Es wird einige Zeit dauern, bis der Galgen aufgebaut ist – zwei Stunden – eine Stunde. Nach dem Kriegsrecht, das auch mir gewisse Rechte einräumt, müssen Spione aufgehängt werden. Um des Himmels willen, Herr General, bedenken Sie, wie kurz ...«

»Hauptmann, führen Sie meinen Befehl aus.«

Der Offizier zog seinen Degen und wies schweigend, den Gefangenen nicht aus den Augen lassend, auf die Zelttür. Der Gefangene zögerte; der Offizier packte ihn beim Kragen und stieß ihn leicht vorwärts. Als er am Zeltstock vorbeikam, sprang der rasende Mann mit katzenhafter Behendigkeit auf den Zeltstock zu, griff das Heft des Jagdmessers, zog es aus der Scheide und stürzte, während er den Hauptmann zur Seite stieß, mit der Heftigkeit eines Wahnsinnigen auf den General los, schleuderte ihn zu Boden und warf sich der Länge nach auf ihn. Der Tisch war umgefallen, die Kerzen erloschen, sie kämpften blindlings im Dunkel. Der Chef der Feldgendarmerie wollte seinem Vorgesetzten zu Hilfe eilen, aber er stürzte selbst auch auf die Kämpfenden nieder. Flüche und unartikulierte Schreie vor Wut und Schmerz ertönten aus dem Durcheinander von Gliedern und Leibern; das Zelt brach über ihnen zusammen, und zwischen den hinderlichen Falten, die die Kämpfenden einhüllten, ging das Ringen weiter. Der Schütze Tassman, der gerade von seinem Gang zurückkam und die Situation dunkel ahnte, warf sein Gewehr hin, ergriff aufs Geratewohl die zappelnde Zeltbahn und versuchte sie von den darunter begrabenen Männern fortzuziehen; der Wachtposten, der vor dem Zelteingang auf und ab schritt und der seinen Posten nicht verlassen hätte, selbst wenn der Himmel eingestürzt wäre, feuerte in die Luft. Der Knall alarmierte das ganze Lager; Trommeln wirbelten mit anhaltendem Schlag, und Signalhörner riefen zum Sammeln; halbangezogene Männer kamen in Scharen heraus ins Mondlicht; sie zogen sich, während sie rannten, weiter an und gliederten sich zu Formationen unter den scharfen Kommandos ihrer Offiziere. Das war gut so; denn sobald sie erst einmal angetreten waren, hatte man sie unter Kontrolle; sie waren bereits einsatzbereit, als von den Männern des Stabes und der Eskorte des Generals in das Durcheinander Ordnung gebracht wurde, indem man das eingestürzte Zelt beiseite zog und die atemlosen, blutenden Beteiligten dieser ungewöhnlichen Auseinandersetzung trennte.

Wirklich ohne Atem war einer: der Hauptmann war tot; der Griff des Jagdmessers, der aus seiner Kehle herausragte, war unter dem Kinn weit in den Hals hineingedrückt worden, so daß sich das Ende des Messers irgendwo in die Kiefer gebohrt hatte und es der Hand, die den Stoß führte, nicht mehr gelang, die Waffe wieder herauszuziehen. Die Hand des Toten hielt den Degen mit einem Griff umklammert, als gelte es, einen Lebenden herauszufordern. Die Klinge des Degens war bis zum Heft rot gestreift.

Als man den General aufgehoben hatte, sank er wieder stöhnend zu Boden und wurde ohnmächtig. Neben Brüchen waren an ihm auch zwei Degenstiche erkennbar – einer durch den Schenkel, der andere durch die Schulter.

Der Spion hatte am wenigsten abbekommen. Abgesehen von einem gebrochenen rechten Arm, waren seine Wunden nur von der Art, wie man sie sich in einer gewöhnlichen Schlägerei, bei der als Waffen die Fäuste benutzt werden, zuzieht. Aber er war betäubt und schien kaum zu wissen, was vorgefallen war. Er entglitt seinen Begleitern, kauerte auf dem Boden und ließ unverständliche Protestäußerungen vernehmen. Sein Gesicht, das von Schlägen geschwollen und von Blut befleckt war, leuchtete nichtsdestoweniger unter dem aufgelösten Haar weiß hervor – weiß wie ein Leichnam.

»Der Mann ist nicht geisteskrank«, sagte der Arzt, der Verbände anlegte und auf eine Frage antwortete; »er ist nur von Angst besessen. Wer und was ist er?«

Der Schütze Tassman fing an, alles zu erklären. Es war der große Augenblick seines Lebens; er ließ keine Einzelheit aus, die vielleicht dazu dienen konnte, zu zeigen, wie wichtig die Rolle gewesen war, die er selbst bei den nächtlichen Ereignissen gespielt hatte. Als er seinen Bericht beendet hatte und wieder von vorn anfangen wollte, hörte ihm niemand mehr zu.

Der General war jetzt wieder zu Bewußtsein gekommen. Er richtete sich auf den Ellbogen hoch, sah sich um und befahl einfach, als er den von Posten bewachten Spion am Lagerfeuer hockend erblickte:

»Führt den Mann auf den Paradeplatz und erschießt ihn.«

»Der General ist geistig abwesend«, bemerkte ein Offizier, der in der Nähe stand.

»Er ist ganz gegenwärtig«, erwiderte der Adjutant des Generals. »Ich habe in dieser Sache einen schriftlichen Befehl von ihm; er hatte den gleichen Befehl auch Hasterlick erteilt« – mit einer Handbewegung deutete er auf den toten Chef der Feldgendarmerie – »und, bei Gott, dieser Befehl wird ausgeführt werden.«

Zehn Minuten später wurde der im Mondschein kniende Sergeant Parker Adderson von der Unionsarmee, Philosoph und Witzbold, der inkonsequenterweise um sein Leben bettelte, von zwanzig Soldaten erschossen. Als die Salve in der kalten Luft der Mitternacht verklungen war, öffnete General Clavering, der bleich und still in der roten Glut am Lagerfeuer lag, seine großen blauen Augen, schaute die um ihn Stehenden freundlich an und sagte: »Wie still alles ist!«

Der Arzt warf dem Adjutanten des Generals einen ernsten, bedeutungsvollen Blick zu. Die Augen des Patienten schlossen sich langsam, und so lag er einige Augenblicke da; dann überzog sein Gesicht ein Lächeln von unbeschreiblicher Süße, und er sagte leise: »Ich glaube, das ist der Tod«, und verschied.

Chickamauga

An einem sonnigen Herbstnachmittag entwich ein Kind seinem strengen Elternhaus, das auf einem kleinen Feld lag, und lief unbemerkt in den Wald. Es war glücklich in dem neuen Gefühl, befreit zu sein von Bevormundung, glücklich auch in der Erwartung bevorstehender Entdeckungen und Abenteuer; denn die Seele des Kindes war seit Jahrtausenden in seinen Vorfahren ausgebildet worden, dereinst Heldentaten auf Forschungsreisen und Eroberungszügen zu vollbringen – und in Schlachten Siege zu erringen, deren Sternstunden Jahrhunderte prägten und nach denen die Sieger an Stelle von Feldlagern ganze Städte aus Steinquadern erbauten. Seine Sippe war seit ihren ersten Tagen kämpfend durch zwei Kontinente und über ein großes Meer gezogen und schließlich eingedrungen in einen dritten Kontinent, wo sie, ihrem Schicksal gehorsam, dem Kriegshandwerk und der Gewalt lebte.

Das Kind war ein Junge von ungefähr sechs Jahren, Sohn eines armen Pflanzers. Als junger Mann war der Vater Soldat gewesen, hatte gegen nackte Wilde gekämpft und war der Fahne seines Landes tief in den Süden gefolgt, bis in die Hauptstadt eines zivilisierten Menschenschlages. In seinem friedlichen Pflanzerleben hatte sich das Feuer des Krieges erhalten; einmal entfacht, erlischt es nie wieder. Der Mann liebte Kriegsbücher und Schlachtenbilder, und auch der Junge hatte schon so viel Verständnis, daß er sich ein hölzernes Schwert machte, obwohl selbst die Augen des Vaters kaum erkannt hätten, was es eigentlich darstellen sollte. Kühn trug er jetzt, Nachkomme einer heroischen Sippe, das Schwert, und wenn er ab und zu auf sonnigen Lichtungen des Waldes haltmachte, ahmte er, ein wenig übertrieben, Posen des Angriffs und der Verteidigung nach, die er auf Kupferstichen gesehen hatte. Er war leichtsinnig geworden, da er den entgegenstehenden unsichtbaren Feind so mühelos überwältigt hatte, und beging den allzu häufigen militärischen Fehler, sich bei der Verfolgung gefährlich weit vorlocken zu lassen, so daß er plötzlich an einem breiten, aber seichten Bach angelangt war, dessen reißende Wasser ihn hinderten, dem fliehenden Feind unmittelbar nachzusetzen, der mit unfaßlicher Leichtigkeit das andere Ufer bereits erreicht hatte. Aber der unerschrockene Sieger ließ sich nicht beirren; der Geist seiner Vorfahren, die das große Meer überquert hatten, loderte unbezwingbar in der kleinen Brust und war nicht zu verleugnen. Als er eine Stelle im Bett des Baches fand, wo ein paar große Steine nur einen Schritt oder Sprung weit auseinander lagen, überquerte er dort das Wasser, stürzte sich auf die Nachhut seines phantasieentsprungenen Feindes und ließ sein Schwert walten.

Als nun die Schlacht gewonnen war, gebot die Klugheit, sich auf die Ausgangsstellung zurückzuziehen. Aber ach – wie so manch anderer Eroberer, mächtiger noch, und wie selbst der mächtigste unter ihnen, konnte er nicht –

> *zügeln seine Lust am Krieg,*
> *glauben, daß des Schicksals Gunst*
> *auch verläßt den hehrsten Stern,*
> *wenn er's auf die Probe stellt.*

Als er das Bachufer schon hinter sich gelassen hatte, begegnete er einem neuen, noch schrecklicheren Feind: kerzengerade saß auf dem Pfad, dem er folgte, mit aufgerichteten Ohren und erhobenen Pfoten – ein Kaninchen! Mit einem Angstschrei drehte der Junge sich um und floh, er wußte nicht, wohin; unartikuliert schrie er nach seiner Mutter, weinte, stolperte, seine zarte Haut wurde grausam von Brombeersträuchern zerrissen, heftig schlug sein kleines Herz vor Entsetzen, er war außer Atem, Tränen machten ihn blind, er hatte sich im Wald verloren! Dann irrte er mehr als eine Stunde lang durch das Gestrüpp des Unterholzes, bis er sich zuletzt, von Müdigkeit überwältigt, in einem schmalen Einschnitt zwischen zwei Felsen, nur wenige Meter vom Bach, niederlegte und schluchzend einschlief, während er das Spielzeugschwert fest in der Hand hielt, das nun nicht mehr eine Waffe, sondern ein treuer Begleiter war. Über ihm sangen fröhlich die Waldvögel; die Eichhörnchen huschten mit prächtigen Schwänzen keckernd von Baum zu Baum, ohne zu wissen, daß sie sich so verrieten, und irgendwo in der Ferne ertönte ein fremdartiges, gedämpftes Donnern, als feierten Rebhühner mit ihrem Flügelschlag den Sieg der Natur über den Sohn derer, die in Urzeiten die Natur zur Sklavin gemacht hatten. Und hinten auf der kleinen Plantage, wo weiße und schwarze Männer hastig und aufgeregt die Felder und Hecken absuchten, brach einer Mutter das Herz aus Sorge um ihr verlorengegangenes Kind.

Stunden vergingen, dann erhob sich der kleine Schläfer. Die Abendkälte steckte ihm in den Gliedern, in seinem Herzen nistete Angst vor der Dunkelheit. Aber er war ausgeruht und weinte nicht mehr. Aus irgendeinem blinden Instinkt, der ihn vorwärtstrieb, arbeitete er sich durch das Unterholz hindurch und erreichte eine weniger dicht bewachsene Lichtung, auf deren rechter Seite der Bach floß, während sich auf der linken eine mit Bäumen bestandene Höhe erhob; über allem lagerte die zunehmende Dunkelheit des Zwielichts. Ein dünner, geisterhafter Nebel stieg am Wasser empor. Er fürchtete sich davor und wich zurück; anstatt den Bach wieder in der Richtung zu überqueren, aus der er gekommen war, drehte er ihm den Rücken zu und näherte sich dem finsteren Wald, der die Lichtung einfaßte. Plötzlich sah er vor sich ein fremdartiges Ding, das sich bewegte; er glaubte, es sei irgendein großes Tier – ein Hund oder Schwein – jedenfalls kannte er es nicht; vielleicht war es auch ein Bär. Abbildungen von Bären hatte er bereits gesehen, doch wußte er nichts von ihrem schlechten Ruf; es war schon immer sein Wunsch gewesen, einmal einem Bären zu begegnen. Aber irgend etwas an der Gestalt oder an den Bewegungen des Tieres – die Art seiner Annäherung war irgendwie linkisch – sagte ihm, daß dies hier kein Bär sei, und so siegte dann Furcht über die Neugier. Er blieb stehen, und als das Tier langsam näher kam, faßte er sogleich wieder Mut, denn er stellte fest, daß zumindest die langen, bedrohlichen Ohren eines Kaninchen fehlten. Möglicherweise empfand sein einfühlsames Gemüt ahnungsvoll etwas Vertrautes an der wackligen, unbeholfenen Haltung. Noch ehe es sich so weit genähert hatte, um alle Zweifel über seine Beschaffenheit zu zerstreuen, entdeckte er, daß dahinter noch ein zweites und noch eines folgten. Auch rechts und links von ihm tauchten noch weitere auf; die ganze Lichtung ringsum wimmelte von ihnen – alle bewegten sich auf den Bach zu.

Es waren Menschen. Sie krochen auf Händen und Füßen. Einmal benutzten sie nur ihre Arme und zogen die Beine nach; dann wieder benutzten sie nur die Knie, während die Arme untätig an den Seiten hingen. Sie bemühten sich, aufzustehen, aber schon bei dem Versuch stürzten sie wieder zu Boden. Keine Bewegung hatte etwas Natürliches oder erinnerte daran, ausgenommen nur, daß sie sich schrittweise in einer Richtung vorwärtsbewegten. Einzeln, zu zweit und in kleinen Gruppen tauchten sie aus der Dunkelheit auf; einige blieben hin und wieder stehen, während andere ihnen langsam nachkrochen, und gingen dann zügig weiter. Sie kamen zu Dutzenden und zu Hunderten; so weit wie man rechts und links in der zunehmenden Dunkelheit etwas erkennen konnte, überall waren sie zu sehen, und aus dem schwarzen Wald hinter ihnen schienen immer neue hervorzuquellen. Ja, der Boden selbst schien in Bewegung zu sein, auf den Bach zu. Manchmal blieb einer regungslos liegen, der haltgemacht hatte. Er war tot. Ein paar, die ebenfalls innehiel-

ten, machten sonderbare Gebärden mit ihren Händen, reckten die Arme in die Höhe, ließen sie wieder sinken oder faßten sich an den Kopf; sie hoben die Hände, die Handflächen nach oben, wie man es manchmal bei Menschen in öffentlichen Andachten sieht.

Aber nicht alles hier Geschilderte wurde von dem Kind wahrgenommen; diese Beobachtungen hätten von einem Erwachsenen gemacht werden können; ihm fiel kaum mehr auf, als daß es Männer waren. Er bewegte sich frei zwischen ihnen, ging von einem zum anderen und sah ihnen mit kindlicher Neugier ins Gesicht. Alle ihre Gesichter waren eigentümlich weiß, viele waren auch rot gestreift und gesprenkelt. Aus diesem Grund – vielleicht auch, weil ihre Körperhaltung und die Bewegungen so grotesk aussahen– mußte er an einen geschminkten Clown denken, den er letzten Sommer im Zirkus gesehen hatte, und er lachte über sie. Aber weiter, immer weiter krochen sie, diese verstümmelten, blutenden Männer; sie achteten so wenig wie das Kind auf den dramatischen Kontrast zwischen ihrem bleichen Ernst und dem Kinderlachen. Für den Jungen war es ein fröhliches Schauspiel. Er hatte die Neger seines Vaters zu seiner Belustigung auf Händen und Knien kriechen sehen, er war auf ihnen geritten und hatte ›geglaubt‹, es seien seine Pferde. Von hinten pirschte er sich jetzt an eine der Gestalten heran und schwang sich rittlings mit einer flinken Bewegung auf ihren Rücken. Der Mann sank auf seine

Brust, erhob sich wieder, schleuderte den kleinen Jungen wild zu Boden wie ein Füllen, das noch nicht zugeritten war, und wandte ihm dann das Gesicht zu, dem der Unterkiefer fehlte – von den oberen Zähnen bis zum Hals klaffte ihm eine große rote Wunde aus hängenden Fleischfetzen und Knochensplittern entgegen. Die unnatürlich herausragende Nase, das Fehlen des Kinns und die wilden Augen ließen den Mann wie einen großen Raubvogel aussehen, dessen Brust vom Blut seiner Beute gerötet war. Der Mann richtete sich auf den Knien hoch, der Junge stand auf. Der Mann drohte dem Kind mit der Faust; das Kind, nun doch ängstlich geworden, rannte zu einem Baum in der Nähe, versteckte sich dahinter und sah jetzt die Lage mit ernsteren Augen. Und so schleppten sich die unbeholfenen Männer langsam und unter Schmerzen dahin wie in einer gräßlichen Pantomime – bewegten sich den Abhang hinunter wie ein Schwarm großer, schwarzer Käfer, ohne daß etwas zu hören war, ganz und gar geräuschlos.

Anstatt in Dunkelheit zu versinken, begann sich die Gespensterlandschaft zu erhellen. Aus dem Waldgürtel jenseits des Baches leuchtete ein fremdartiges, rotes Licht, vor dem sich die Stämme und Zweige der Bäume als schwarz gewirkte Spitzen abhoben. Die kriechenden Gestalten warfen in diesem Licht riesige Schatten, die auf dem hellen Gras zu Karikaturen ihrer Bewegungen wurden. Es fiel auf ihre Gesichter und tönte das Weiß rötlich, wobei die Blutflecken, mit denen so viele von ihnen gezeichnet waren, deutlicher wurden. Es funkelte auf den Knöpfen und allem andern, das an ihrer Kleidung Metall war. Instinktiv wendete sich das Kind dem immer heller werdenden Glanz zu und lief mit seinen entsetzlichen Gefährten den Abhang hinunter; in wenigen Augenblicken hatte es die Spitze überholt – allerdings kein großes Kunststück, wenn man seine Vorteile bedenkt. Es übernahm die Führung, immer noch das hölzerne Schwert in der Hand, wies mit feierlicher Gebärde die

Marschrichtung, paßte seinen Schritt dem der anderen an und blickte manchmal nach hinten, um festzustellen, ob seine Streitmacht auch nicht zurückblieb. Sicherlich hatte niemals zuvor ein solcher ›Führer‹ ein solches Gefolge. Überall verstreut auf der Lichtung, die jetzt durch diesen entsetzlichen Marsch zum Wasser langsam immer weniger Platz bot, lagen verschiedene Gegenstände, denen, nach Meinung des ›Führers‹ keine große Bedeutung zukam: gelegentlich eine Decke; sie war der Länge nach fest zusammengerollt, doppelt gelegt und an den Enden mit einem Bindfaden zusammengebunden; dann wieder ein Tornister oder auch ein zerbrochenes Gewehr – es handelte sich, kurz gesagt, um solche Dinge, die von Truppen auf dem Rückzug liegengelassen werden, die ›Fährte‹ also von Menschen, die vor ihren Verfolgern fliehen. Überall in der Nähe des Baches, der hier durch eine Niederung floß, war die Erde von den Füßen der Menschen und Pferde zu Schlamm zerstampft. Ein geübterer Beobachter hätte bemerkt, daß die Fußabdrücke in beide Richtungen wiesen; diese Stelle war zweimal überschritten worden – auf dem Vormarsch und auf dem Rückzug. Erst wenige Stunden zuvor hatten die verzweifelten, geschlagenen Männer zusammen mit ihren glücklicheren, jetzt fernen Kameraden den Wald zu Tausenden durchdrungen. Ihre erfolgreichen Bataillone, die sich in einzelne Scharen aufgelöst und dann wieder zu Reihen formiert hatten, waren zu beiden Seiten des Kindes vorübergezogen und fast darauf getreten, während es schlief. Vom Schritt und Gemurmel der Marschierenden war der Junge nicht aufgewacht. Fast nur einen Steinwurf weit von dort, wo der Junge lag, tobten Kämpfe; aber er hatte weder das Gebrüll der Musketiere noch die Erschütterung durch die Artillerie noch das ›Donnern der Hauptleute und das Geschrei‹ gehört. Er hatte während der ganzen Zeit geschlafen, hatte sein kleines Holzschwert aus einer unbewußten Neigung für das kriegerische Geschehen ringsum vielleicht ein wenig fester gepackt, aber das Großartige des Kampfes hatte er nicht miterlebt wie die Gefallenen, durch deren Tod der Sieg errungen wurde.

Jetzt überzog das Feuer jenseits des Waldgürtels am anderen Bachufer schon die ganze Gegend und wurde von dem Rauchbaldachin, der sich am Himmel bildete, wieder zur Erde reflektiert. Es verwandelte die gewundenen Nebelschwaden zu Golddunst. Auf dem Wasser schimmerten rote Flecken, und rot waren auch viele Steine, die aus dem Wasser herausragten. Aber hier war es Blut, das die nicht so schwer Verwundeten beim Überqueren des Baches verloren hatten. Über diese Steine ging jetzt auch das Kind mit schnellen Schritten; es lief in die Richtung des Feuers. Als es am anderen Ufer angekommen war, wandte es sich nach den Gefährten des Marsches um. Die Vorhut erreichte gerade den Bach. Die Kräftigeren hatten sich schon an den Uferrand vorwärtsgezogen und tauchten ihre Gesichter in die Fluten. Drei oder vier von ihnen, die regungslos dalagen, schienen keine Köpfe mehr zu haben. Auf diese blickte der Junge mit Verwunderung; selbst sein aufgeschlossenes Verständnis wurde von diesem Phänomen, das den Lebensnerv so empfindlich traf, abgestoßen. Nachdem die Männer ihren Durst gestillt hatten, fehlten ihnen jedoch die Kräfte, sich wieder vom Wasser zurückzuziehen oder wenigstens den Kopf über dem Wasser halten zu können. Sie waren ertrunken. Hinter ihnen konnte ihr ›Führer‹ auf der Waldlichtung genau so viele entstellte Gestalten seines schrecklichen Kommandos sehen wie zuerst; aber längst nicht mehr alle bewegten sich noch. Er winkte mit seiner Mütze, um sie zu ermutigen, und zeigte lächelnd mit seinem Schwert in die Richtung des Lichtes, das ihnen den Weg wies – eine Feuersäule, schwebend vor diesem seltsamen Exodus.

Auf die Zuverlässigkeit seiner Streitmacht vertrauend, stieß er jetzt in den Wald vor, durchquerte ihn bei der roten Beleuchtung ohne Schwierigkeiten, kletterte über einen

Zaun, rannte dann über ein Feld, wobei er sich ab und zu umdrehte, um mit seinem antwortenden Schatten zu kokettieren, und näherte sich so der brennenden Ruine eines Hauses. Alles verwüstet! So weit, wie das grelle Licht reichte, war nichts Lebendiges zu sehen. Es kümmerte ihn wenig; ihn erfreute der Anblick, er tanzte vor Vergnügen und ahmte die lodernden Flammen nach. Er lief umher und suchte Brennmaterial, aber wenn er etwas fand, dann war es zu schwer, als daß er es hätte in die Flammen werfen können, weil die Hitze ihn hinderte, näher heranzutreten. Aus Verzweiflung warf er sein Schwert in das Feuer – eine Kapitulation vor den höheren Mächten der Natur. Seine militärische Laufbahn war somit beendet.

Als er seinen Standort änderte, fielen seine Blicke auf ein paar Nebengebäude, die ihm seltsam vertraut vorkamen, als ob er ihnen schon im Traum begegnet sei. Er stand und betrachtete sie verwundert; da schien sich plötzlich die ganze Plantage mitsamt dem sie umgebenden Wald wie auf einem Angelpunkt zu drehen. Seine kleine Welt machte desgleichen eine halbe Drehung; die Striche auf dem Kompaß waren vertauscht. Er erkannte in dem brennenden Gebäude sein Elternhaus!

Einen Augenblick lang stand er gelähmt von der Gewalt der Entdeckung, dann rannte er mit stolpernden Schritten im Halbkreis um die Ruine herum. Dort lag, im Schein des Feuers deutlich sichtbar, der Leichnam einer Frau – das weiße Gesicht starrte in die Luft, die ausgestreckten Hände hatten sich um Grasbüschel gekrallt, die Kleidung war in Unordnung geraten, das lange, dunkle Haar war von geronnenem Blut zu Strähnen verklebt. Der größere Teil der Stirn war weggerissen, aus der gezackten Wunde quoll das Gehirn hervor und lief über die Schläfen – eine schaumige, graue Masse, auf deren Oberfläche sich Trauben aus roten Bläschen bildeten. Alles das Resultat einer Granate.

Das Kind fuchtelte mit seinen kleinen Händen und machte wilde, unbestimmte Gebärden. Es stieß eine Reihe unartikulierter, unbeschreiblicher Schreie aus – etwas zwischen dem Schwatzen eines Affen und dem Kollern eines Truthahnes – einen erschreckenden, seelenlosen, unheiligen Laut, die Sprache des Teufels. Der Junge war nämlich taubstumm.

Dann stand er regungslos mit zitternden Lippen da und sah auf das Menschenwrack nieder.

Der Mann aus der Nase

In jenem Teil San Franciscos, der unter dem ziemlich unpassenden Namen North Beach bekannt ist, liegt an der Kreuzung zweier Straßen ein freier Platz; er ist ebener als sonst gewöhnlich das freie Land oder die Grundstücke dieser Gegend. Unmittelbar an seinem hinteren Ende steigt der Boden in südlicher Richtung steil an; die Steigung wird durch drei Terrassen gegliedert, die in den weichen Felsen gehauen sind. Es ist ein Ort für Ziegen und arme Leute; einige Familien verschiedenster Herkunft haben ihn gemeinsam und friedlich von der ›städtischen Stiftung‹ in ihren Besitz übernommen. Einer der ärmlichen Bewohner der untersten Terrasse ist verantwortlich dafür, daß dort der Felsen entfernt einem Menschengesicht ähnelt, so etwa verantwortlich, wie ein Junge aus einem ausgehöhlten Kürbis ein menschenähnliches Gesicht herausschneiden könnte, ohne damit die Angehörigen seiner eigenen Gattung nun gerade verdrießen zu wollen. Zwei kreisrunde Fenster sind die Augen, die Nase ist die Tür, der Mund ist eine Öffnung, die durch Beseitigung eines Brettes unter der Tür entstand. Zur Tür hinauf führen keine Stufen. Für ein Gesicht ist das Haus zu groß; zum Wohnen ist es zu klein. Das leere, nichtssagende Starren der Augen, ohne Brauen und Lid, ist unheimlich.

Dann und wann kommt ein Mann aus der Nase heraus, wendet sich seitwärts, geht an der Stelle vorbei, wo das rechte Ohr sitzen müßte, nimmt dann seinen Weg durch das Gedränge der Kinder und Ziegen, die den schmalen Gang zwischen der Tür des Nachbarn und dem Rand der Terrasse versperren, und erreicht schließlich die Straße, indem er eine Anzahl wackliger Treppenstufen hinuntersteigt. Hier hält er inne, um auf die Uhr zu sehen, und ein gerade vorübergehender Fremder würde sich sicherlich wundern, warum sich der Mann überhaupt um die Uhrzeit kümmert. Beobachtungen über längere Zeit hin würden jedoch ergeben, daß die genaue Stunde für den Tagesablauf des Mannes von größter Wichtigkeit ist, denn dreihundertfünfundsechzigmal im Jahr ist es auf die Minute zwei Uhr nachmittags, wenn er sein Haus verläßt.

Nachdem er sich vergewissert hat, daß seine Stunde da ist, steckt er die Uhr wieder ein, geht geschwind zwei Häuserblöcke weiter nach Süden die Straße hinauf, wendet sich dann nach rechts und richtet seinen Blick, sobald er sich der nächsten Ecke nähert, auf eines der oberen Fenster des dreistöckigen Gebäudes auf der anderen Straßenseite. Es ist ein schmutziger Bau, dessen ursprünglich rote Ziegelsteine

grau geworden sind. Deutlich sieht man die Spuren von Alter und Staub. Einst als Wohngebäude errichtet, wird es jetzt als Fabrik benutzt. Ich weiß nicht, was in seinen Räumen hergestellt wird; ich vermute, es werden dieselben Dinge sein, wie sie gewöhnlich in Fabriken hergestellt werden. Ich weiß nur, daß darin täglich um zwei Uhr nachmittags viel Betriebsamkeit und Geklapper zu hören ist, außer sonntags; das Stampfen irgendeiner großen Maschine läßt es erbeben, und immer wieder kann man das Kreischen des Holzes hören, das von einer Säge gequält wird. Am Fenster, auf das der Mann sehr erwartungsvoll blickt, ist nie etwas zu sehen; auf der Scheibe liegt wirklich eine so dicke Staubschicht, daß man schon längst nicht mehr hindurchsehen kann. Ohne stehenzubleiben, schaut der Mann hinauf; wenn er das Gebäude hinter sich läßt, renkt er sich den Hals um so mehr aus. An die nächste Ecke gekommen, biegt er links ein, geht um den Häuserblock herum und nähert sich wieder der Stelle schräg gegenüber der Fabrik und folgt von dort aus seinem Weg von zuvor, während er dabei häufig rückwärts über seine rechte Schulter auf das Fenster blickt, solange es noch in Sicht ist. Niemand hätte behaupten können, daß er in all den Jahren jemals seine Route geändert oder daß sein Verhalten die geringste Wandlung erfahren hätte. In einer Viertelstunde ist er wieder am ›Mund‹ seiner Behausung angelangt, und eine Frau, die eine Weile in der ›Nase‹ gestanden hat, hilft ihm beim Einsteigen. Dann ist er bis zum nächsten Tag um zwei Uhr nicht mehr zu sehen.

Mit dieser Frau ist er verheiratet. Sie ernährt sich und ihn dadurch, daß sie für die armen Leute der Nachbarschaft wäscht, und zwar zu einem Lohn, der kaum mehr als ein Trinkgeld ist. Der Mann ist über fünfundsiebzig Jahre alt, obwohl er viel älter aussieht. Er trägt keinen Bart und ist immer frisch rasiert. Seine Hände sind sauber, seine Nägel gepflegt. Bei seiner Kleidung fällt auf, daß sie viel besser ist, als es seiner Lage in diesem Milieu und der Tätigkeit seiner Frau entspricht. Tatsächlich geht er sehr ordentlich, wenn nicht sogar elegant gekleidet. Sein seidener Hut ist nicht älter als zwei Jahre, und seine Stiefel, peinlich auf Hochglanz poliert, sind fleckenlos. Ich habe mir sagen lassen, daß der Anzug, den er auf seinem täglichen Gang von fünfzehn Minuten trägt, nicht der gleiche ist, den er zu Hause anhat. Wie alles, was er sonst noch besitzt, wird der Anzug von seiner Frau ständig in Ordnung gehalten und wird durch einen neuen ersetzt, sooft ihre kärglichen Mittel es erlauben.

Vor dreißig Jahren lebten John Hardshaw und seine Frau in Rincon Hill auf einem der schönsten Anwesen dieses ehemals aristokratischen Viertels. Er war einst Arzt gewesen, aber nachdem er von seinem Vater ein ansehnliches Grundstück geerbt hatte, befaßte er sich nicht mehr mit den Leiden seiner Mitmenschen, sondern fand so viel Arbeit, wie ihm lieb war, in der Erledigung seiner privaten Angelegenheiten. Er und seine Frau waren durchaus kultivierte Menschen, und in ihrem Hause verkehrte ein kleiner Kreis von Männern und Frauen, deren Bekanntschaft für Leute von entsprechender Bildung nicht ohne Wert schien. Soweit diese Menschen wußten, lebten Herr und Frau Hardshaw glücklich zusammen; natürlich widmete sich die Frau ganz ihrem stattlichen und zuvorkommenden Mann und war äußerst stolz auf ihn.

Zu ihren Bekannten gehörten die Barwells aus Sacramento – der Mann, die Frau und zwei Kinder. Herr Barwell war von Beruf Bergwerksingenieur; seine Pflichten führten ihn häufig von zu Hause fort, oft nach San Francisco. Bei solchen Anlässen begleitete ihn seine Frau und verbrachte dann viele Stunden im Hause ihrer Freundin, Frau Hardshaw. Stets waren ihre Kinder dabei, die Frau Hardshaw – selbst kinderlos – ans Herz wuchsen. Unglücklicherweise wuchs ihrem Gatten die Mutter der Kinder ans Herz, viel inniger noch. Und zum noch größeren Unglück fehlte der attraktiven Dame nicht nur charakterliche Stärke, sondern auch Klugheit.

An einem Herbstmorgen um drei Uhr früh sah der Offizier Nr. 13 der Polizei von Sacramento einen Mann verstohlen ein herrschaftliches Haus durch die Hintertür verlassen und verhaftete ihn daraufhin sofort. Der Mann – er trug einen Schlapphut und einen zottigen Mantel – bot dem Polizisten hundert, dann fünfhundert, und schließlich tausend Dollar, um freigelassen zu werden. Da er nicht einmal die Hälfte der zuerst genannten Summe bei sich hatte, begegnete der Offizier seinem Angebot voller Verachtung. Bevor sie das Polizeirevier erreichten, erklärte der Gefangene sich bereit, einen Scheck über zehntausend Dollar auszustellen und so lange in Handschellen bei den Weiden am Ufer zu bleiben, bis der Scheck eingelöst sei. Als auch dies nur wieder neuen Spott hervorrief, sagte er nichts mehr und nannte nur noch einen offensichtlich erfundenen Namen. Bei der Durchsuchung auf dem Polizeirevier wurde nichts Wertvolles bei ihm gefunden, außer einer Miniatur von Frau Barwell, der Herrin des Hauses, in dessen unmittelbarer Nähe er verhaftet wurde. Das Etui war mit kostbaren Diamanten besetzt; irgend etwas aber, was mit der guten Qualität der Wäsche des Mannes zusammenhing, versetzte dem streng unbestechlichen Herzen des Offiziers Nr. 13 einen freilich vergeblichen Stoß. Es gab keine besonderen Merkmale an der Kleidung oder Person des Verhafteten, die ihn identifizieren ließen, und so wurde er in der Kartei wegen Einbruchs unter dem Namen vermerkt, den er genannt hatte, dem ehrbaren Namen eines John K. Smith. Das K. war ein Einfall, auf den er sich zweifellos etwas einbilden konnte.

In der Zwischenzeit erfüllte das mysteriöse Verschwinden John Hardshaws den Klatsch von Rincon Hill in San Francisco, und das Ereignis wurde sogar in einer Zeitung erwähnt. Es kam seiner Frau, die in der Zeitung sehr rücksichtsvoll als seine ›Witwe‹ bezeichnet wurde, natürlich nicht in den Sinn, gerade im Stadtgefängnis von Sacramento nach ihrem Mann zu forschen – einer Stadt überdies, in der er, soweit man wußte, nie gewesen war.

Ungefähr zwei Wochen vor der Gerichtsverhandlung erfuhr Frau Hardshaw durch Zufall, daß ihr Mann unter einem falschen Namen in Sacramento wegen Einbruchdiebstahls im Gefängnis sitze; sie eilte rasch dorthin, ohne daß sie zu irgend jemandem über die Angelegenheit zu sprechen wagte, meldete sich im Gefängnis und bat um eine Unterredung mit ihrem Mann, dem John K. Smith. Man sah ihr kaum an, wer sie war – sie machte einen verstörten Eindruck und sah krank aus vor Angst; vom Nacken bis zu den Füßen in einen einfachen Reisemantel eingehüllt, verbrachte sie die Nacht der Anfahrt auf dem Dampfer, viel zu aufgeregt zum Schlafen – aber nun sprach ihr Benehmen viel mehr für ihr Recht auf eine Unterredung als alle Worte, die sie sich im voraus überlegt hatte. Es wurde ihr gestattet, ihn allein zu sprechen.

Was sich während dieser qualvollen Aussprache ereignete, ist niemals nach außen gedrungen; spätere Ereignisse aber haben erwiesen, daß es Hardshaw gelungen war, sie seinem Willen gefügig zu machen. Sie verließ das Gefängnis als Frau mit gebrochenem Herzen und weigerte sich, auch nur eine einzige Frage zu beantworten; sie kehrte in ihr trostloses Heim zurück und führte, nur noch mit halbem Herzen bei der Sache, die Nachforschungen nach ihrem verschollenen Mann fort. Eine Woche später war sie selbst auch verschollen: sie war ›in die Staaten zurückgereist‹ – niemand wußte nähere Einzelheiten.

Der Verteidiger erklärte vor Gericht, daß sich der Angeklagte ›auf Anraten seines Verteidigers‹ schuldig bekenne. Nichtsdestoweniger drang der Richter beim Staatsanwalt darauf – ihm waren infolge verschiedener ungewöhnlicher Umstände Zweifel gekommen –, den Offizier Nr. 13 vorführen zu lassen, während die Zeugenaussage von Frau Barwell, die zu krank war, als daß sie bei der Verhandlung hätte erscheinen können, den Geschworenen verlesen werden sollte. Die Aussage war sehr kurz gefaßt: sie wisse von der ganzen Sache nichts, außer daß jenes Porträt ihr Eigentum sei und daß sie glaube, es am Abend der Festnahme auf dem Wohnzimmertisch liegengelassen zu haben, als sie sich zur Ruhe begab. Es sollte ein Geschenk für ihren Mann sein, der zu der fraglichen Zeit und auch jetzt noch im Auftrag einer Bergwerksgesellschaft in Europa auf Reisen sei.

Das Benehmen der Zeugin während der Vernehmung in ihrer Wohnung wurde danach vom Staatsanwalt als außerordentlich merkwürdig bezeichnet. Zweimal habe sie abgelehnt, überhaupt eine Zeugenaussage zu machen, und dann, als unter dem Protokoll nur noch ihre Unterschrift fehlte, habe sie es dem Sekretär aus der Hand gerissen und in Stücke zerfetzt. Sie habe ihre Kinder an ihr Bett gerufen, sie mit feuchten Augen umarmt und sie dann plötzlich aus dem Zimmer geschickt, um dann ihre Angaben durch eine eidesstattliche Erklärung zu bekräftigen; danach sei sie ohnmächtig geworden – ›umgekippt‹, sagte der Staatsanwalt. In diesem Augenblick war gerade ihr Arzt gekommen, hatte die Situation mit einem Blick erfaßt und den Vertreter der Justiz am Kragen gepackt, um ihn auf die Straße zu befördern; seinen Gehilfen stieß er gleich hinterher. Der besudelten Würde des Gesetzes ward keine Genugtuung; das Opfer der unwürdigen Behandlung erwähnte nicht einmal etwas davon vor Gericht. Er hatte den Ehrgeiz, seine Sache durchzupauken, und die Umstände der Zeugeneinvernahme waren nicht dazu angetan, den Fall gewichtiger zu machen, wenn man sie erwähnte; und außerdem hatte sich der Mann, der jetzt vor Gericht stand, gegen die Würde des Gesetzes in kaum weniger abscheulicher Weise vergangen als jener jähzornige Arzt.

Auf Antrag des Richters sprachen die Geschworenen den

Angeklagten schuldig; da war nun nichts mehr zu machen, er wurde also zu drei Jahren Zuchthaus verurteilt. Sein Verteidiger, der gegen nichts einen Einwand hervorgebracht noch mildernde Umstände geltend gemacht, ja, der in Wirklichkeit kaum ein Wort gesagt hatte, drückte seinem Mandanten die Hand und verließ den Raum. Es war allen Anwesenden völlig klar, daß dieser Verteidiger nur deshalb hinzugezogen worden war, um das Gericht an der Berufung eines Anwalts zu hindern, der vielleicht auf einer echten Verteidigung bestanden hätte.

John Hardshaw büßte seine Strafe in San Quentin ab, und als er entlassen wurde, empfing ihn seine Frau am Zuchthaustor; sie war aus ›den Staaten‹ zurückgekehrt, um ihn abzuholen. Man nimmt an, daß sie anschließend sofort nach Europa gefahren sind; jedenfalls wurde einem noch heute lebenden Anwalt in Paris, von dem ich viele Einzelheiten dieser törichten Geschichte erfahren habe, eine Generalvollmacht erteilt. Der Anwalt verkaufte in kurzer Zeit alles, was Hardshaw in Kalifornien besaß, und jahrelang hörte man dann nichts mehr von dem unglücklichen Paar; dennoch gab es viele, die, obwohl auch ihnen die vagen und ungenauen Andeutungen der ungewöhnlichen Vorkommnisse zu Ohren gekommen waren, des Paares in Freundschaft und Mitgefühl gedachten.

Einige Jahre später kehrten sie wieder zurück; beiden waren Seele und Glück gebrochen, ihm auch die Gesundheit. Den Grund ihrer Rückkehr konnte ich nicht ermitteln. Sie lebten eine Zeitlang unter dem Namen Johnson in einem sehr respektablen Viertel südlich der Market Street, ziemlich außerhalb, und es gab niemanden, der sie jemals weit von ihrer Wohnung entfernt angetroffen hätte. Es mußte ihnen ein wenig Geld übriggeblieben sein, denn es war nicht bekannt, daß der Mann berufstätig war; sein Gesundheitszustand erlaubte ihm dies wahrscheinlich nicht. Die hingebungsvolle Fürsorge der Frau für ihren gebrechlichen Mann

fiel in der Nachbarschaft auf; sie schien niemals von seiner Seite zu weichen, immer unterstützte und tröstete sie ihn. Sie saß stundenlang auf einer der Bänke in einem kleinen öffentlichen Park und las ihm vor, während sie seine Hand hielt; manchmal strich sie ihm zart über die bleiche Stirn, hob auch ihre immer noch schönen Augen häufig vom Buch auf und sah ihn an, als gäbe sie einen Kommentar zum Text, oder sie schloß den Band, um ihm die Zeit mit einer Unterhaltung zu verkürzen – worüber? Nie hat jemand einem Gespräch der beiden zugehört. Dem Leser, der die Geduld hatte, ihrer Geschichte bis zu dieser Stelle zu folgen, mag vielleicht an einer Vermutung gelegen sein: es gab da wahrscheinlich etwas, dem ausgewichen werden mußte. Das Gebaren des Mannes drückte tiefe Niedergeschlagenheit aus; und tatsächlich erwähnte ihn auch die wenig sympathische Jugend der Nachbarschaft mit ihrem wachen Sinn für hervorstechende Besonderheiten, der zu allen Zeiten kennzeichnend für junge Männer ist, in ihren Gesprächen unter dem Namen ›Trauertrottel‹.

Eines Tages wurde John Hardshaw vom Geist der Unruhe gepackt. Gott weiß, was ihn veranlaßte, gerade dorthin aufzubrechen, aber er überquerte die Market Street und nahm seinen Weg nach Norden über die Hügel hinweg und wieder hinunter in das Viertel, das als North Beach bekannt ist. Ziellos bog er nach links ein und folgte einer ihm unbekannten Straße, bis er vor einem für die damalige Zeit verhältnismäßig großen Wohnhaus angelangt war, das heutzutage eine schäbige Fabrik ist. Als er zufällig nach oben blickte, da sah er an einem offenen Fenster, was ihm besser verborgen geblieben wäre: Gesicht und Gestalt von Elvira Barwell. Ihre Blicke begegneten sich. Mit schrillem Aufschrei, wie ihn ein aufgeschreckter Vogel ausstößt, sprang die Dame mit den Füßen aufs Fensterbrett und beugte sich halb hinaus, auf beiden Seiten am Rahmen sich festhaltend. Durch den Schrei waren die Straßenpassanten aufmerksam geworden und sahen hoch. Hardshaw stand regungslos, sprachlos, mit flammenden Augen.

»Vorsicht!« rief jemand aus der Menge, als die Frau sich weiter und noch weiter vorbeugte und dabei das stille, unerbittliche Gesetz der Gravitation herausforderte, so wie

früher von ihr jenes andere Gesetz herausgefordert worden war, das Gott am Sinai einst in die Welt gedonnert hatte. Ihre plötzlichen Bewegungen hatten eine Flut dunkler Haare über ihre Schultern fallen lassen, die jetzt über ihre Wangen geweht wurden und ihr Gesicht ganz verbargen. Einen Augenblick lang verharrte sie so, und dann –. Ein fürchterlicher Schrei erscholl in der Straße, als sie – eine undefinierbare, wirbelnde Masse aus Röcken, Gliedern, Haar und einem weißen Gesicht – kopfüber aus dem Fenster stürzte und mit einem entsetzlichen Laut und einer Wucht auf dem Pflaster aufschlug, die noch dreihundert Meter entfernt zu spüren war. Eine Sekunde lang weigerten sich alle Augen, hinzusehen, und wendeten sich von dem ekelerregenden Anblick auf dem Bürgersteig ab. Von der Schreckensszene wieder angezogen, erblickten sie einen zweiten, sonderbaren Akteur. Auf dem Pflaster saß entblößten Hauptes ein Mann und hielt den zerschlagenen, blutenden Kopf an seiner Brust, küßte die zerschundenen Wangen und den bluttriefenden Mund durch ein Gewirr feuchten Haares, während sein eigenes Gesicht, kaum noch herauszukennen, rot war von Blut, das ihn halb erstickte und in Rinnsalen von seinem durchweichten Bart hinablief.

Die Aufgabe des Berichterstatters ist nahezu erfüllt. Gerade an jenem Morgen waren die Barwells von einem zweijährigen Aufenthalt aus Peru zurückgekehrt. Schon eine Woche später war der Witwer – doppelt verzweifelt nun, denn über die Beweggründe des schrecklichen Ereignisses konnte es keine Mißverständnisse geben – per Schiff nach ich weiß nicht welchem Hafen in der Ferne abgereist; er ist nie wieder zurückgekommen. Hardshaw (nicht mehr Johnson jetzt) verbrachte ein Jahr in einer Stockholmer Irrenanstalt, wo es seiner Frau durch Vermittlung mitleidiger Freunde gestattet worden war, ihn zu pflegen. Als man ihn entließ – nicht geheilt, aber doch öffentlich nicht gefährlich –, zogen sie wieder nach San Francisco zurück; es schien diese Stadt von jeher eine entsetzliche Faszination auf sie auszuüben. Eine Zeitlang lebten sie in der Nähe der Dolores Mission, jedoch schon in Armut und nicht viel besseren Verhältnissen als jetzt; aber jene Gegend war zu weit vom Ziel der täglichen Pilgerschaft des Mannes abgelegen. Sie konnten sich einfach das Fahrgeld nicht leisten. So erhielt die Frau, nun die Frau eines Zuchthäuslers und Wahnsinnigen – armer Teufel sie und Engel vom Himmel – zu einem recht günstigen Mietzins die bleichgesichtige Hütte auf der unteren Terrasse von Goat Hill. Von dort war die Entfernung zu dem früheren Wohn- und jetzigen Fabrikgebäude nicht so groß; es muß wirklich ein annehmbarer Spaziergang sein, nach dem heiteren und eifrigen Ausdruck des Mannes zu urteilen, der ihn unternimmt. Der Rückweg erweist sich dann freilich als ein wenig ermüdend.

Eine Sommernacht

Die Tatsache, daß man ihn beerdigt hatte, erbrachte für Henry Armstrong noch lange nicht den Beweis, daß er tot war: schon immer war es schwierig gewesen, ihn von irgend etwas zu überzeugen. Daß man ihn tatsächlich beerdigt hatte, mußte er allerdings aus eigener Erfahrung zugeben. Seine Körperhaltung – er lag flach auf dem Rücken, die Hände waren auf dem Magen gekreuzt und mit etwas zusammengebunden, das er leicht zerreißen konnte, ohne jedoch seine Lage dadurch wesentlich zu verbessern – die Enge des Sarges, die schwarze Finsternis und die Totenstille, all das bildete eine Gewißheit, die nicht geleugnet werden konnte und die er auch nicht bestritt.

Aber tot – nein; er war nur sehr, sehr krank. Überdies besaß er die Apathie des Kranken und kümmerte sich nicht sonderlich um das ungewöhnliche Schicksal, dem er ausgeliefert war. Er war kein Philosoph, sondern nur ein ganz gewöhnlicher Alltagsmensch, der – im Augenblick jedenfalls – an einer pathologischen Unempfindlichkeit litt: das Organ, das er als Ursache ansah, war betäubt. Ohne besorgt über seine nächste Zukunft zu sein, schlief Henry Armstrong ein, und so war Frieden um ihn.

Oben aber, über der Erde, ging etwas vor sich. Es war eine dunkle Sommernacht, ab und zu zuckten schimmernde Blitze über den Himmel, ohne daß ihnen Donner folgte, ausgesandt von einer tiefliegenden Wolke im Westen, die Sturm verkündete. Dieses kurze, flackernde Aufleuchten machte die Grabmäler und Steine des Friedhofes in gespenstischer Weise sichtbar und ließ sie wie tanzend erscheinen.

Verständlicherweise fühlten sich jene drei Männer völlig sicher, die das Grab Henry Armstrongs aufgruben, denn es gab wohl niemanden, der mit einiger Glaubwürdigkeit wür-

de behaupten können, gerade in dieser Nacht auf einem Friedhof spazierengegangen zu sein.

Zwei von ihnen waren Medizinstudenten an einer ein paar Meilen entfernten Medizinischen Fakultät; der dritte war ein riesiger Neger, der Jess hieß. Viele Jahre schon verrichtete Jess alle anfallenden Arbeiten auf dem Friedhof, und es bereitete ihm besonderes Vergnügen, ›jede Seele am Platz‹ auswendig zu wissen. Das allerdings, was er gerade bewerkstelligte, ließ den Schluß zu, daß auf dem Friedhof nicht mehr so viele lagen, wie es vielleicht das Friedhofregister ausgewiesen hätte.

Draußen vor der Mauer, von der Hauptstraße so weit wie möglich entfernt, warteten ein Pferd und ein leichter Wagen.

Das Ausschachten war nicht schwierig: die Erde, die erst einige Stunden zuvor in das Grab geschaufelt worden war, ließ sich leicht ausheben, was denn auch bald geschehen war. Den Sarg aus der Verschalung freizubekommen war weniger leicht, aber schließlich hob man ihn heraus, denn Jess hatte Erfahrung darin, weil das sein Nebenverdienst war; er schraubte vorsichtig den Deckel los und legte ihn beiseite;

sichtbar wurde ein Körper, mit schwarzen Hosen und weißem Hemd bekleidet. In diesem Augenblick wurde die Luft wie von Feuer erhellt, ein krachender Donnerstoß erschütterte die erschrockene Welt, und Henry Armstrong richtete sich auf, ganz ruhig. Entsetzt flohen die Männer mit wilden Schreien, jeder in eine andere Richtung. Denn nichts auf der Welt hätte zwei von ihnen überreden können, zurückzukehren. Jess aber war aus anderem Holz geschnitzt.

Im Morgengrauen trafen sich die beiden Studenten vor der Medizinischen Fakultät; sie waren blaß und verstört, noch völlig außer Fassung durch das nächtliche Abenteuer.

»Hast du das gesehen?« schrie der eine.

»Großer Gott! Ja – was sollen wir jetzt tun?«

Sie gingen zum hinteren Teil des Gebäudes, wo sie einem Pferd begegneten, das vor einen leichten Wagen gespannt und am Torpfosten nahe dem Eingang zum Anatomiesaal befestigt war. Geistesabwesend betraten sie den Raum. Im Dunkel saß auf einer Bank der Neger Jess. Er stand auf und grinste über das ganze Gesicht.

»Ich warte auf mein Geld«, sagte er.

Ausgestreckt auf einem langen Tisch lag der nackte Körper Henry Armstrongs; Blut und Erde besudelten seinen Kopf; sie rührten von einem Schlag mit dem Spaten her.

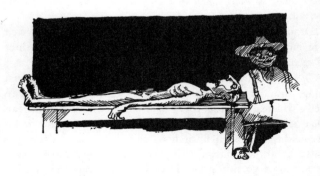

Der Mann und die Schlange

> *Es wird wahrhaftig berichtet und von so vielen bezeugt, daß nun auch unter den Gelehrten und Weisen kein Zweifel mehr besteht, die Schlangen haben Augen von solch magnetischer Kraft, daß, wer unter ihren Einfluß gerät, vorwärts gezogen wird gegen seinen eigenen Willen und elend sterben muß am Biß dieser Kreatur.*

I

Bekleidet mit Hausrock und Pantoffeln, bequem auf dem Sofa ausgestreckt, lächelte Harker Brayton, als er obigen Satz in den ›Wundern der Wissenschaft‹ des alten Morryster las. ›Das einzige Wunder an der ganzen Sache ist‹, sagte er zu sich selbst, ›daß die Weisen und Gelehrten zur Zeit Morrysters solchen Unsinn wirklich geglaubt haben sollen, wo das in unseren Tagen doch selbst von den meisten der Ungebildeten abgelehnt wird.‹

Eine ganze Reihe von Überlegungen schlossen sich daran an, denn Brayton war jemand, der viel nachdachte; unterdessen ließ er unbewußt sein Buch sinken, ohne dabei seine Blickrichtung zu ändern. Sobald ihm das Buch die Sicht freigab, fesselte irgend etwas in einer dunklen Ecke des Zimmers seine Aufmerksamkeit an den Raum. Was er im Schatten unter dem Bett gewahr wurde, waren zwei kleine, glänzende Punkte, offenbar zwei Zentimeter auseinander. Es konnte gut sein, daß sich dort die Gasbeleuchtung über ihm auf den Köpfen metallener Nägel spiegelte; er dachte nicht weiter darüber nach und widmete sich wieder seiner Lektüre. Einen Augenblick später zwang ihn etwas – ein Impuls, den er sich nicht erklären konnte – erneut, sein Buch sinken zu lassen und abermals dort hinzusehen, wo er eben schon hingesehen hatte. Immer noch waren die glänzenden Punkte da. Sie schienen stärker als vorher zu leuchten, und zwar in einem grünlichen Glanz, der ihm zuvor nicht aufgefallen war. Er glaubte auch, sie hätten sich ein wenig bewegt und wären ein kleines Stück näher gekommen. Wie dem auch sei, sie befanden sich immer noch zu weit im Schatten, als daß sie einem etwas gleichgültigen Beobachter Aufschluß über ihre Beschaffenheit und Herkunft hätten geben können, und so begann er wieder zu lesen. Plötzlich kam ihm beim Lesen ein Gedanke, der ihn sich aufrichten und das Buch zum drittenmal auf das Sofa beiseite legen ließ, von wo es, während es seiner Hand entglitt, aufblätternd zu Boden fiel und mit dem Rücken nach oben liegenblieb. Halb aufgerichtet, starrte Brayton aufmerksam in die Dunkelheit unter seinem Bett, aus der die glänzenden Punkte, wie ihm schien, mit noch stärkerer Glut hervorleuchteten. Er beobachtete nun mit angespannter Aufmerksamkeit, sein Blick war scharf und durchdringend. Fast genau unter dem Fußende des Bettes entdeckte er die Windungen einer großen Schlange – die glänzenden Punkte waren ihre Augen! Ihr gräßlicher Kopf, der sich von der innersten Windung vorstreckte und auf der äußersten Windung ruhte, war auf ihn gerichtet, der Umriß des breiten, brutalen Kiefers und die idiotenähnliche Stirn ließen die Richtung des bösartigen Blickes erkennen. Nun allerdings waren die Augen nicht länger nur leuchtende Punkte; sie blickten ihn bedeutungsvoll, mit boshaftem Ausdruck an.

II

Glücklicherweise kommt eine Schlange im Schlafzimmer einer modernen besseren Stadtwohnung nicht so häufig vor, daß sich eine nähere Erklärung erübrigte. Harker Brayton, fünfunddreißigjähriger Junggeselle, Gelehrter, Müßiggänger, von ziemlich athletischer Gestalt, reich, populär und von guter Gesundheit, war aus einer Anzahl ferner, wenig bekannter Länder nach San Francisco zurückgekehrt. Nach langer, entbehrungsreicher Zeit verlangte jetzt sein Geschmack, schon immer ein wenig zum Verschwenderischen neigend, noch üppigere Genüsse; und da selbst die Möglichkeiten des Castle-Hotels nicht ausreichten, ihn zufriedenzustellen, hat er gern die Gastfreundschaft seines Freundes Dr. Druring, eines hervorragenden Wissenschaftlers, in Anspruch genommen. Das Haus Dr. Drurings, das in einem nunmehr ziemlich obskuren Viertel der Stadt lag, machte äußerlich den Eindruck stolzer Reserviertheit. Es wollte sich einfach nicht in die Grundformen der ganz anderen Umgebung in unmittelbarer Nachbarschaft einordnen lassen und war offensichtlich mit einigen jener exzentrischen Besonderheiten ausgestattet, die zu planen nur einem seiner Umwelt Entfremdeten möglich war. Eine der Besonderheiten stellte der Seitenflügel dar, der in architektonischer Hinsicht von dem Gesamtbau auffallend abstach und auch, was seinen Zweck anging, nicht weniger rebellisch anmutete; denn er war eine Kombination aus Laboratorium, Menagerie und Museum. Hier war der Ort, wo die wissenschaftliche Seite in Drurings Natur zu ihrem Recht kam, hier studierte er die Lebensformen von Tieren, die sein Interesse fesselten und seinem Geschmack entsprachen – dieser aber richtete sich, es muß zugegeben werden, vor allem auf die niederen Gattungen. Wollte einer der höheren Gattungen sich seiner Sachkennerschaft geschickt und einschmeichelnd empfehlen, so mußten wenigstens gewisse rudimentäre Merkmale übriggeblieben sein, wie sie den ›Drachen der Urzeit‹, nämlich Schlangen und Kröten, eigentümlich sind. Seine wissenschaftlichen Sympathien gehörten ausgesprochen den Reptilien; er liebte den Pöbel der Natur und charakterisierte sich als den Zola der Zoologie. Seine Frau und seine Töchter genossen nicht den Vorteil, an seiner vorurteilslosen Wißbegierde, die der Lebensweise unserer bösartig blickenden Mitgeschöpfe galt, teilzuhaben, und waren mit unnötiger Strenge aus den Räumen verbannt worden, die er das Schlangenrevier nannte, und also dazu verurteilt, unter sich zu bleiben, obwohl er ihnen aus Mitleid in seiner großen Güte gestattete, ihre Zimmer pompöser und glanzvoller einzurichten als die der Reptilien.

Die Architektur und die ›Einrichtung‹ des Schlangenreviers waren von herber Schlichtheit und paßten zu den anspruchslosen Lebensbedingungen der Bewohner; vielen von ihnen konnte wirklich aus Sicherheitsgründen nicht jene Freizügigkeit gewährt werden, die für ein Leben in Luxus nötig gewesen wäre, denn sie besaßen die störende Eigenschaft, lebendig zu sein. In den für sie bestimmten Räumlichkeiten war ihnen nur so viel Behinderung auferlegt, wie das die verderbliche Gewohnheit, sich gegenseitig zu verschlingen, nötig machte; und es entsprach schon mehr als nur der Tradition, daß zu ganz verschiedenen Zeiten Schlangen irgendwo im Haus zu finden waren, deren Anwesenheit dort die Besitzer in Verlegenheit brachte. Man hatte deshalb Brayton hiervon vorsorglich unterrichtet. Trotz dem Schlangenrevier und seinen unheimlichen Begleiterscheinungen – denen er wirklich nur geringe Aufmerksamkeit widmete – fand Brayton das Leben im Hause Druring ganz nach seinem Geschmack.

III

Außer einem ordentlichen Schreck und einem Schauder von Ekel hatte die Sache Mister Brayton nicht weiter beeindruckt. Sein erster Gedanke war, an der Klingelschnur zu ziehen und einen Bediensteten herbeizurufen; obwohl aber die Schnur in bequemer Reichweite hing, versuchte er sie nicht zu greifen; es fiel ihm ein, daß seine Handlungsweise ihn der Angst verdächtigen könnte, die er wirklich nicht verspürte. Viel eindringlicher als die Gefahren vergegenwärtigte er sich das Ungemäße der Situation; sie war nicht allein absurd, sondern auch empörend.

Das Reptil gehörte einer Spezies an, die Brayton nicht kannte. Die Länge konnte er nur ungefähr schätzen; der Leib schien, wo er zu sehen war, ungefähr den Umfang seines Unterarms zu besitzen. Wie konnte die Schlange gefährlich werden, wenn überhaupt? War sie giftig? War sie eine *Boa constrictor*? Seine Unkenntnis von den Warnzeichen in der Natur wußte keine Antwort; er hatte es nie zur Entzifferung dieser Geheimschrift gebracht.

Wenn die Schlange nicht gefährlich war, so war sie aber zumindest angriffslustig. Sie war jedenfalls *de trop* – ›eine Sache, fehl am Platze‹ – eine Ungehörigkeit. Das Juwel war eben die Fassung nicht wert. Selbst dem barbarischen Geschmack unserer Zeit und unseres Landes, der die Wände der Räume mit Bildern, den Boden mit Möbeln und die Möbel wiederum mit *bric-à-brac* überlud, war es doch nicht ganz gelungen, diesen Ort für das Stück Leben aus dem Dschungel geeignet zu machen. Außerdem – unerträglicher Gedanke! – mischten sich die Ausdünstungen des Schlangenatems mit der Luft, die er einatmete.

Diese Gedanken tauchten mit mehr oder weniger Schärfe in seinem Geist auf und veranlaßten ihn zum Handeln. Diesen Prozeß nennen wir Überlegung und Entscheidung. Hier entscheidet sich, ob wir uns weise verhalten oder nicht.

Und hier entscheidet sich auch, ob das schwankende Blatt im Herbstwind mehr oder weniger Verstand zeigt, wenn es entweder auf das Land oder auf den See fällt. Das Geheimnis menschlichen Handelns ist durchschaubar: irgend etwas zieht unsere Muskeln zusammen. Ist es von Wichtigkeit, ob wir dabei die vorbereitenden Veränderungen im Molekularsystem als Willen bezeichnen?

Brayton stand auf und machte sich bereit, er wollte der Schlange allmählich rückwärts entweichen – wenn möglich, ohne sie zu stören – und durch die Tür hinausgelangen. Das ist ein Beispiel dafür, wie sich Männer einer Gegenüberstellung mit dem Großartigen entziehen, denn das Großartige ist auch mächtig, und Macht bedeutet Gefahr. Er wußte, daß er rückwärts nicht fehlgehen konnte. Sollte das Untier ihm folgen, dann würde er, um der Situation zu begegnen, eine der in einem Ständer stehenden mörderischen Waffen aus dem Orient ergreifen; sie waren, dem Geschmack entsprechend, der die Wände mit Bildern bepflastert hatte, folgerichtig hier aufgestellt worden. Unterdessen glühten die Augen der Schlange noch mitleidiger und bösartiger als zuvor.

Brayton hob seinen rechten Fuß hoch, um rückwärts zu gehen. In diesem Augenblick wehrte sich etwas in ihm gegen sein Vorhaben. ›Ich werde für einen tapferen Mann gehalten‹, dachte er; ›bedeutet dann aber die Tapferkeit nicht mehr als mein Stolz? Darf ich mich zurückziehen, weil es keinen Zeugen für mein schändliches Verhalten gibt?‹

An einer Stuhllehne suchte er Halt mit seiner rechten Hand, während er sein Bein weiter angehoben hielt.

»Unsinn!« sagte er laut; »ein so großer Feigling bin ich auch wieder nicht, daß ich mich davor fürchte, mir meine Angst einzugestehen.«

Er hob den Fuß ein wenig höher, indem er leicht das Knie einknickte, und setzte ihn dann fest auf den Boden auf – zwei Zentimeter vor dem anderen Fuß! Er konnte sich nicht erklären, wie es dazu kam. Eine Probe mit dem linken Fuß führte zum gleichen Ergebnis; wieder ein Stück vorwärts, der linke vor dem rechten Fuß! Die Hand hielt sich an der Stuhllehne fest; der Arm war gestreckt und nach hinten aufgestützt. Man hätte meinen können, er wolle seinen Halt nicht verlieren. Der bösartige Schlangenkopf schob sich, immer noch mit geradem Nacken, von der innersten Windung nach vorn. Die Schlange hatte sich nicht bewegt, aber ihre Augen waren jetzt elektrische Funken, die eine Unendlichkeit leuchtender Nadeln ausstrahlten.

Der Mann war aschfahl. Wieder machte er einen Schritt vorwärts, und noch einen, wobei er den Stuhl ein Stück mitzog, bis dieser schließlich mit einem Krach umfiel, als er ihn losließ. Der Mann stöhnte; die Schlange lag lautlos und unbeweglich da, aber die Augen leuchteten wie zwei blendende Sonnen. Ihr Glanz verhinderte, daß man das Tier sah. Von den Augen stiegen wachsende Ringe in reicher, lebhafter Farbigkeit auf, die dann im Augenblick ihrer größten Ausdehnung wie Seifenblasen allmählich wieder vergingen; sie schienen seinem Gesicht näher zu kommen und waren sofort wieder unendlich entfernt. Irgendwo hörte er das ununterbrochene Schlagen einer großen Trommel zusammen mit den Klängen einer fernen, unbegreiflich süßen Musik, wie von einer Äolsharfe. Er wußte, es war die Weise der Memnonstatue bei Sonnenaufgang und glaubte, im Schilf am Niluufer zu stehen und entzückt jener unsterblichen Hymne zu lauschen, die durch die Stille der Jahrhunderte zu ihm drang.

Die Musik erstarb; das heißt, sie verwandelte sich durch ihr kaum wahrnehmbares Verlöschen in das ferne Grollen eines abziehenden Gewitters. Vor ihm breitete sich eine Landschaft aus, sie glitzerte regennaß in der Sonne und war von einem leuchtenden Regenbogen umrahmt, unter dessen gigantischer Wölbung hundert Städte sichtbar wurden. Auf halbem Wege dorthin reckte ihm eine riesige Schlange den gekrönten Kopf aus ihren mächtigen Windungen entgegen und sah ihn mit den Augen seiner toten Mutter an. Plötzlich entschwebte die Zauberlandschaft wie ein Theatervorhang nach oben und verschwand im Nichts. Etwas versetzte ihm einen schweren Schlag ins Gesicht und gegen die Brust. Er war zu Boden gestürzt; das Blut rann aus seiner gebrochenen Nase und von den aufgeplatzten Lippen. Eine Weile blieb er betäubt mit geschlossenen Augen und dem Gesicht zum Boden liegen. Nach wenigen Augenblicken hatte er sich wieder erholt und wußte, daß der Zauber nur durch den Sturz zerstört worden war, als nämlich sein Blick dabei von der Schlange abgelenkt wurde. Er fühlte, daß ihm jetzt die Flucht gelänge, wenn er sich nur nicht verleiten ließe, wieder dort hinzusehen. Doch der Gedanke an die Schlange dicht bei seinem Kopf – vielleicht wollte sie gerade zustoßen und ihm die Kehle abschnüren – war zu schrecklich! Er hob seinen Kopf, starrte wieder in diese unheilvollen Augen und wurde erneut durch ihren Blick gebannt.

Die Schlange hatte sich nicht bewegt und schien irgendwie nicht mehr die frühere Faszination auf seine Phantasie auszuüben; die prächtigen Trugbilder der vorhergehenden Augenblicke kehrten nicht wieder. Unter der flachen, hirnlosen Stirn glitzerten zwar die schwarzen, perlartigen Augen wie vordem und hatten einen Ausdruck von unsagbarer Bosheit, aber mehr auch nicht. Es war, als hätte das Tier, seines Triumphes sicher, darauf verzichtet, seine verführerische List noch weiter anzuwenden.

Nun folgte eine schreckliche Szene. Der Mann, der einen Meter von der Schlange entfernt auf dem Bauch lag, richtete den Oberkörper auf, indem er sich auf den Ellbogen aufstützte, und warf den Kopf zurück, die Beine lagen lang ausgestreckt. Sein Gesicht leuchtete zwischen den Blutflecken weiß hervor; die Augen hatte er bis zum äußersten aufgerissen. Auf seinen Lippen stand Schaum, der in Flocken zu Boden fiel. Starke Zuckungen durchliefen seinen Körper und verursachten eine fast schlangenartige, wellenförmige Bewegung. Er knickte in der Taille ein und schob seine Beine hin und her. Und durch jede dieser Bewegungen kam er der Schlange ein wenig näher. Er rutschte mit seinen Händen vorwärts, um sich nach hinten wegzuschieben, aber auf seinen Ellbogen zog er sich nur immer weiter nach vorn.

IV

Dr. Druring und seine Frau saßen in der Bibliothek. Der Wissenschaftler befand sich in selten guter Stimmung.

»Ich habe gerade von einem anderen Sammler durch Tausch eine *Ophiophagus* erhalten, ein herrliches Exemplar«, sagte er.

»Und was ist das?« fragte die Frau mit nicht gerade großem Interesse.

»Ach du meine Güte, welch absolute Unkenntnis! Ein Mann, meine Liebe, der nach seiner Heirat feststellt, daß seine Frau keine Griechischkenntnisse hat, darf sich scheiden lassen. Die *Ophiophagus* ist eine Schlange, die andere Schlangen frißt.«

»Ich hoffe, daß sie dich fressen wird«, sagte sie abwesend, während sie die Lampe zur Seite schob. »Aber wie gelingt es ihr denn, die anderen Schlangen zu überwältigen? Geht etwa eine Art Zauber von ihr aus?«

»Ganz wie von dir, meine Liebe«, sagte der Doktor mit seiner Vorliebe für scharfe Bemerkungen. »Du weißt genau, wie sehr mich eine Anspielung auf den primitiven Aberglauben reizt, der meint, die Schlangen hätten eine geheimnisvolle Kraft der Beeinflussung.«

Die Unterhaltung wurde durch einen mächtigen Schrei unterbrochen, der durch das stille Haus erscholl wie die Stimme eines Dämons aus seinem Grabe! Wieder und immer wieder war er in schrecklicher Deutlichkeit zu hören.

Sie sprangen auf, der Mann verwirrt, die Frau blaß und sprachlos vor Angst. Noch bevor das Echo des letzten Schreies verklungen war, hatte der Doktor das Zimmer verlassen und sprang die Treppe hoch, zwei Stufen auf einmal nehmend. Auf dem Flur vor Braytons Zimmer traf er bereits einige Bedienstete an, die aus dem Stock darüber herbeigeeilt waren. Alle stürmten dann zur Tür hinein, ohne anzuklopfen. Sie war nicht zugeriegelt und ließ sich sofort öffnen. Brayton lag auf dem Bauch am Boden, tot. Sein Kopf und seine Arme lagen unter dem Fußende des Bettes und waren halb verdeckt. Sie zogen den Körper hervor und legten ihn auf den Rücken. Das Gesicht war verschmiert von Blut und Schaum, die Augen starrten weit offen – ein entsetzlicher Anblick!

»An einem Anfall gestorben«, sagte der Wissenschaftler und beugte das Knie, um die Herzgegend abzutasten. In dieser Stellung fiel zufällig sein Blick unters Bett. »Großer Gott!« fuhr er fort, »wie ist denn nur dieses Ding hierhergekommen?« Er faßte unter das Bett, zog die immer noch zusammengerollte Schlange heraus und schleuderte sie in die Mitte des Raumes, von wo aus sie mit einem rauhen, schlurfenden Ton über den gebohnerten Fußboden glitt, bis sie gegen die Wand prallte und leblos liegenblieb. Die Schlange war ausgestopft; ihre Augen waren zwei Schuhknöpfe.

Das mit Brettern vernagelte Fenster

Im Jahre 1830 erstreckte sich, nur ein paar Meilen entfernt von der Stelle, wo jetzt die große Stadt Cincinnati liegt, ein einziges ungeheures Stück Wald. Die ganze Gegend war durch ein paar Leute von der Grenze dünn besiedelt; es waren rastlose Seelen, die, um hier ein paar einigermaßen erträgliche Siedlerheime der Wildnis abzuringen und in einem nach unsern Begriffen dürftigen Wohlstand zu leben, erst aus mysteriösem Drang alles stehen und liegen lassen und westwärts wandern mußten, wobei sie neue Gefahren und Entbehrungen auf sich nahmen und schließlich wieder nur den dürftigen Komfort von vordem erreichten. Viele von ihnen hatten diesen Landstrich bereits wieder verlassen, um zu noch ferneren Gegenden aufzubrechen; aber unter denen, die geblieben waren, befand sich noch einer von den zuerst Angekommenen. Er lebte allein in einem Blockhaus, das auf allen Seiten von Wald umgeben war. Er schien selbst ein Teil der Dunkelheit und Stille des Waldes zu sein, denn niemand hat ihn jemals lächeln sehen oder ein unnützes Wort sprechen hören. Seine einfachen Bedürfnisse wurden durch den Verkauf oder Tausch von Häuten wilder Tiere in der am Fluß gelegenen Stadt befriedigt, denn er baute auf seinem Stück Land nichts an, obwohl er es auf Grund seines Rechtes auf unbeeinträchtigten Besitz hätte tun können, je nach Bedarf. Es gab Anzeichen eines ›Fortschritts‹ – ein paar Quadratmeter Boden unmittelbar um das Haus herum waren einst abgeholzt worden, die verfaulten Stümpfe wurden durch junge Bäumchen schon wieder halb verdeckt; sie sollten die Verwüstungen der Axt ausgleichen. Offensichtlich hatte der Eifer des Mannes für die Landwirtschaft mit nur geringer Flamme gebrannt und war dann in der Asche der Resignation erstickt.

Das kleine Blockhaus mit seinem hölzernen Schornstein,

mit seinem sich werfenden Schindeldach – kreuzweise wurde es von Stangen beschwert – und mit seinen lehmverschmierten Rissen besaß eine Tür und, ihr genau gegenüber, ein Fenster. Das Fenster jedoch war mit Brettern vernagelt – niemand konnte sich daran erinnern, daß es jemals anders ausgesehen hatte. Und niemand kannte auch den Grund; sicherlich bestand er nicht darin, daß der Besitzer Licht und Luft verabscheute, denn bei den seltenen Gelegenheiten, da ein Jäger an jenem einsamen Flecken vorüberkam, wurde der Einsiedler auf den Stufen vor seiner Tür in der Sonne gesehen, sofern am Himmel die Sonne schien. Ich kann mir vorstellen, daß es nur wenige unter den heute Lebenden gibt, die das Geheimnis jenes Fensters kennen, aber, wie Sie sehen werden, kann ich mich dazu zählen.

Man sagte, der Mann heiße Murlock. Er sah aus wie siebzig; tatsächlich war er aber nur fünfzig. Außer den Jahren hatte ihn noch etwas anderes altern lassen. Sein Haar und sein langer, voller Bart waren weiß, seine grauen, glanzlosen Augen scheinbar eingesunken; sein Gesicht war seltsam

durchfurcht von Falten, die zwei sich überschneidenden Systemen angehörten. Er war von großer, hagerer Statur und hatte gebeugte Schultern – als ob er immer eine Bürde trüge. Ich selbst habe ihn nie gesehen; diese Einzelheiten habe ich als Junge von meinem Großvater erfahren, der mir auch die Geschichte des Mannes erzählte. Er hatte ihn gekannt, als er in jener Pionierzeit in der Nähe lebte.

Eines Tages war Murlock in seiner Hütte tot aufgefunden worden. Es waren noch nicht die Zeiten der Leichenbeschauer und der Presse, und ich glaube, man einigte sich darauf, daß er eines natürlichen Todes gestorben war; sonst jedenfalls hätte man mir etwas anderes erzählt, und ich würde mich daran erinnern. Ich weiß nur, daß man, wohl aus einem Gefühl für das Schickliche, den Leib in der Nähe der Hütte beerdigte, neben dem Grab seiner Frau, die ihm schon so viele Jahre vorausgegangen war, daß die örtliche Überlieferung ihrer kaum noch gedachte. Damit wäre das Schlußkapitel dieser wahren Geschichte geschrieben – zu erwähnen wäre vielleicht noch, daß ich tatsächlich in Begleitung eines ebenso unerschrockenen Gefährten viele Jahre später bis zu diesem Ort vordrang und mich nahe genug an die verfallene Hütte heranwagte, so daß ich einen Stein auf sie werfen und dann gleich fortlaufen konnte, um keinem Gespenst zu begegnen, denn jeder gut unterrichtete Junge aus der Gegend wußte, daß es an diesem Ort spukte. Aber es gibt noch ein Kapitel davor – das wurde von meinem Großvater beigesteuert.

Als Murlock seine Hütte baute und mit seiner Axt mutig ringsum ein Stück Farmland aus dem Wald herausschlug – sein einziger Beistand war in jener Zeit ein Gewehr –, war er jung, kräftig und voller Hoffnungen. Entsprechend den Gepflogenheiten hatte er in seiner weiter östlich gelegenen Heimat eine junge Frau geheiratet, die seinen ehrbaren Eifer wirklich verdiente und mit ihm alle Gefahren und Entbehrungen willig und freudigen Herzens teilte. Ihr

Name ist nirgendwo aufgezeichnet; über die Anmut ihres Herzens und ihres Äußeren weiß die Überlieferung nichts zu berichten, und der Zweifler mag zweifeln; aber Gott verhüte, daß ich diese Zweifel teile! Jeder weitere Tag in dem einsam gewordenen Leben des Mannes gibt hinreichend Zeugnis von der einstigen Herzlichkeit und dem früheren Glück; denn was sonst als die Anziehungskraft einer wunderbaren Erinnerung hätte den kühnen Mann an diesen Flecken Erde zu fesseln vermocht?

Eines Tages kehrte Murlock zurück von einem Jagdausflug in ein fernes Waldstück und fand seine Frau in Fieberphantasien aufs Lager hingestreckt. Meilenweit gab es keinen Arzt und keine Nachbarn; außerdem war sie in einem Zustand, in dem man sie nicht allein lassen konnte, um Hilfe herbeizuholen. So sah er sich vor die Aufgabe gestellt, sie wieder gesundzupflegen; am dritten Tag aber verlor sie das Bewußtsein und verschied, offenbar ohne daß sie noch einmal zu sich gekommen war.

Durch meine eigene Kenntnis solcher Charaktere, wie er einer war, möchte ich es wagen, doch einige Einzelheiten des Bildes deutlicher zu zeichnen, das mein Großvater von ihm entworfen hat. Als er an ihrem Tod nicht mehr zweifeln konnte, war Murlock doch so gefaßt, daß er die Tote zur Beerdigung vorbereitete. Bei der Ausübung dieser heiligen Pflicht unterliefen ihm hin und wieder Fehler, manches führte er nur unordentlich aus, und anderes wieder, das er ohnehin mit peinlicher Sorgfalt tat, glaubte er viele Male wiederholen zu müssen. Das teilweise Mißlingen einer einfachen, gewöhnlichen Verrichtung versetzte ihn in Erstaunen, wie es einen Betrunkenen wundert, daß die so vertrauten Naturgesetze plötzlich außer Kraft gesetzt sind. Es überraschte ihn auch, daß er nicht weinte – überraschte ihn und beschämte ihn ein wenig; sicherlich war es lieblos, um die Tote nicht zu weinen. »Morgen«, sagte er laut, »werde ich den Sarg machen und ein Grab schaufeln müssen; und erst danach werde ich sie vermissen, wenn ich sie nicht mehr sehen kann; jetzt aber – ist sie tot, natürlich, aber es ist alles in Ordnung – es *muß* irgendwie alles in Ordnung sein. Es ist alles nicht so schlimm, wie es aussieht.«

Er stand über den Körper gebeugt im Dämmerlicht, ordnete das Haar und führte bei den schlichten Vorbereitungen die letzten Griffe aus; ganz mechanisch machte er das alles, mit einer seelenlosen Sorgfalt. Und immer noch durchzog sein Bewußtsein die geheime Überzeugung, daß alles in Ordnung sei – daß er sie unverändert wiederbekäme und daß alles noch aufgeklärt würde. Ihm fehlten noch die Erfahrungen im Umgang mit Leid; seine Leidensfähigkeit war durch Erlebnisse dieser Art noch nicht genügend ausgebildet worden. Sein Herz konnte das alles noch nicht fassen; es überstieg einfach seine Vorstellungskraft. Er wußte gar nicht, daß er so schwer getroffen worden war; dieses Wissen sollte ihm erst später kommen und dann nie mehr von ihm weichen. Leid ist ein Virtuose der Wirkungen, so abwechslungsreich wie die Instrumente, auf denen er sein Klagelied für die Toten spielt; einigen entlockt er dabei nur tiefe, ernste Klänge, die rhythmisch hervorgestoßen werden wie die langsamen Schläge einer fernen Trommel. Einige werden durch Leid in Schrecken versetzt, andere davon betäubt. Den einen trifft es als Pfeil, der die Feinfühligkeit noch steigert, noch belebt; dem anderen ist es ein Knüppelschlag, der ihn lähmt. Wir dürfen annehmen, daß das Ereignis auf Murlock in der eben geschilderten Weise gewirkt hat, denn (und hier befinden wir uns auf festerem Boden als nur dem von Vermutungen) er hatte von seinem liebevollen Werk nicht eher abgelassen, bis er auf einen Stuhl neben dem Tisch niedersank – auf dem Tisch lag die Tote – um dann, nachdem er bemerkt hatte, wie weiß ihr Profil in der immer tiefer werdenden Finsternis leuchtete, seine Arme auf die

Tischkante zu legen und in ihnen das Gesicht zu verbergen, immer noch tränenlos und unsäglich erschöpft. In diesem Augenblick kam zum offenen Fenster ein langer, wehklagender Laut herein, wie der Ruf eines Kindes, das sich in den Tiefen des dunklen Waldes verlor! Aber der Mann bewegte sich nicht. Noch einmal und näher als vorher erscholl der unirdische Ruf seinen schwindenden Sinnen. Vielleicht war es ein wildes Tier; vielleicht ein Traum. Denn Murlock war eingeschlafen.

Ein paar Stunden später glaubte der ungetreue Wächter aufzuwachen, hob seinen Kopf von den Armen und lauschte angespannt, er wußte nicht, warum. Er strengte sich an, dort in der schwarzen Dunkelheit neben der Toten (ohne Erschütterung vergegenwärtigte er sich die Situation) etwas zu erkennen; er wußte nicht, was es war. Seine Sinne waren wach, er hielt den Atem an, sein Blut stockte, als wolle es das Schweigen nicht unterbrechen. Wer – was hatte ihn geweckt, und wo war es?

Plötzlich wackelte der Tisch unter seinen Armen, und im gleichen Augenblick hörte er oder glaubte zu hören, daß etwas mit leichten, sanften Schritten barfuß über den Boden ging!

Er war so erschrocken, daß er weder schreien, noch sich bewegen konnte. Notgedrungen wartete er – wartete dort in der Dunkelheit Jahrhunderte hindurch, so schien es, und wurde von solcher Angst erfaßt, wie ein Mensch sie gerade noch erträgt, daß er später noch davon berichten kann. Seine Stimme versagte ihm, seine Arme und Hände waren wie von Blei. Dann geschah etwas ganz Schreckliches. Irgendein schwerer Körper fiel mit seiner Wucht gegen den Tisch, daß es den Mann fast umwarf, als ihn die Kante vor die Brust stieß, und gleichzeitig hörte und fühlte er, wie irgend etwas so heftig am Boden aufschlug, daß das ganze Haus erbebte. Es folgte ein Gezerre, und ein Wirrwarr von Lauten ertönte, die unmöglich zu beschreiben sind. Murlock war aufgestanden. Durch ein Übermaß von Angst hatte er sein inneres Gleichgewicht eingebüßt. Er streckte seine Hände hastig zum Tisch hin. Aber da lag nichts!

Es gibt einen Punkt, an dem das Entsetzen in Wahnsinn umschlägt; und Wahnsinn treibt zur Tat. Murlock sprang ohne ersichtlichen Grund wie ein Verrückter zur Wand hin, tastete kurz und ergriff sein geladenes Gewehr, um blindlings loszufeuern. Im Feuerschein, der den Raum hell erleuchtete, sah er einen riesigen Panther; er hatte die Tote mit seinem Gebiß an der Gurgel gepackt und schleifte sie gerade zum Fenster! Dann herrschte wieder Dunkelheit, noch schwärzer als vordem, und Stille; als er wieder zu Bewußtsein kam, stand die Sonne schon hoch, und der Wald erscholl von Vogelgesang.

Der Körper lag nahe dem Fenster; dort hatte ihn das Raubtier liegengelassen, als es, erschreckt durch Feuerschein und Gewehrknall, die Flucht ergriff. Die Kleidung war in Unordnung geraten, das lange Haar war zerzaust, und die Glieder lagen auf dem Boden, wie es sich zufällig ergeben hatte. Aus der entsetzlich zerfleischten Kehle war eine Blutlache herausgeflossen, die noch nicht ganz geronnen war.

Das Band, mit dem er die Handgelenke zusammengebunden hatte, war zerrissen; die Hände waren fest zusammengepreßt. Zwischen den Zähnen befand sich ein Stück vom Ohr des Tieres.

Der Tod des Halpin Frayser

Denn durch den Tod wird eine größere Wandlung bewirkt, als wahrnehmbar ist. Während im allgemeinen die Seele, die entwich, irgendwann zurückkehrt (dabei zeigt sie sich in Gestalt des einstigen Leibes) und dann manchmal von den noch Lebenden gesehen wird, ist es schon vorgekommen, daß der wirkliche Körper ohne Seele umherwandernd angetroffen wurde. Und es wird bezeugt von denen, die ihm begegneten und noch lebten, um davon berichten zu können, daß eine solchermaßen auferstandene Leiche keine natürliche Regung oder auch nur eine Erinnerung daran hat, sondern nur Haß kennt. Es ist auch bekannt, daß einige Seelen, die zu Lebzeiten ein gütiges Wesen besaßen, nach dem Tode ganz bösartig werden.

HALI

I

In einer dunklen Hochsommernacht erwachte im Wald ein Mann aus traumlosem Schlaf, hob seinen Kopf von der Erde, starrte einige Augenblicke in die Finsternis und sagte: »Catherine Larue.« Weiter sagte er nichts; er wußte eigentlich nicht, warum er überhaupt etwas gesagt hatte.

Der Mann war Halpin Frayser. Er lebte in St. Helena, doch wo er jetzt lebt, ist ungewiß, denn er ist tot. Jemand, der immer nur in den Wäldern übernachtet – unter sich nichts als trockenes Laub und feuchte Erde, über sich nur kahle Zweige und leeren Himmel –, kann nicht auf ein langes Leben hoffen, und außerdem war Frayser auch schon zweiunddreißig Jahre alt. Es gibt viele Menschen auf dieser Erde, Millionen Menschen, die das als bereits vorgerücktes Alter ansehen. Es sind die Kinder. Das Schiff – schon etwas weiter auf der Lebensreise – erscheint denen, die noch im

Hafen des Aufbruchs stehen, am anderen Ufer fast angelangt. Wie dem aber auch sei, Halpin Frayser starb nicht, weil er im Freien schlief.

Den ganzen Tag über hatte er in den Hügeln westlich des Napa-Tales nach Wildtauben und anderem Kleinwild der Jahreszeit gepirscht. Spät nachmittags waren dann Wolken aufgezogen, und er hatte die Richtung verloren; und obwohl er nur den Hügel hinunter gemußt hätte – für den Verirrten stets ein Pfad in die Sicherheit –, erschwerte ihm das Fehlen jeglicher Fährte den Rückweg so sehr, daß ihn die Nacht noch in den Wäldern überraschte. Es war in der Dunkelheit kaum vorwärtszukommen in dem Dickicht aus Bärentraube und sonstigem Bodengestrüpp; aufs äußerste verwirrt und von Müdigkeit überwältigt, hatte er sich schließlich nahe der Wurzel eines großen Madroñobaumes niedergelegt und war in einen traumlosen Schlaf gefallen. Erst Stunden später, mitten in der Nacht, eilte einer von Gottes geheimnisvollen Boten den zahllosen Heerscharen des Himmels voraus, die mit der Dämmerung immer weiter westwärts ziehen, und sprach in des Schläfers Ohr das aufweckende Wort; dieser richtete sich auf und sagte, ohne zu wissen warum, den Namen, den er nicht kannte.

Halpin Frayser hatte wenig von einem Philosophen oder Wissenschaftler. Der Umstand, daß er nachts mitten im Wald aus tiefem Schlaf erwacht war und laut einen Namen gesagt hatte, an den er sich nicht erinnerte und den er kaum behielt, weckte in ihm keine Wißbegierde, das Phänomen zu ergründen. Er fand es nur seltsam, und mit einem kleinen, nicht sehr tief gehenden Schauder, als entrichtete er der nächtlichen Kühle in dieser Jahreszeit seinen Zoll, legte er sich wieder hin und schlief weiter. Doch nun war sein Schlaf nicht länger traumlos.

Er glaubte eine staubige Straße entlang zu wandern, die in der zunehmenden Finsternis einer Hochsommernacht weiß leuchtete. Woher sie kam, wohin sie führte und warum er auf ihr ging, wußte er nicht, obwohl alles ganz einfach und natürlich schien, so wie es im Traum eben ist; denn im Lande jenseits des Schlafs ist das Überraschende nicht mehr beunruhigend, und das Urteilsvermögen schlummert. Bald kam er an eine Straßengabelung; von der Hauptstraße zweigte eine weniger befahrene Straße ab, die tatsächlich den Eindruck machte, als ob sie lange nicht benutzt worden wäre, weil sie, wie er dachte, zu irgend etwas Bösem hinführte; dennoch bog er ohne Hast in sie ein, unter dem Zwang einer dringenden Notwendigkeit.

Als er immer weiter vorwärts drängte, merkte er, daß ihn unsichtbare Wesen verfolgten, die er sich nicht genau bildlich vorstellen konnte. Aus den Zwischenräumen der Bäume beiderseits der Straße fing er unzusammenhängende Fetzen einer im Flüsterton gesprochenen fremden Sprache auf, die er dennoch teilweise verstand. Ihm schien, als wären es bruchstückhafte Äußerungen einer ungeheuren Verschwörung gegen seinen Leib und seine Seele.

Seit Einbruch der Nacht war schon geraume Zeit vergangen, und trotzdem wurde der endlose Wald, den er durchwandert hatte, erhellt von einem blassen Schimmer, der offenbar keiner Lichtquelle entstammte, denn in seinem geheimnisvollen Schein warfen die Dinge keinen Schatten. Sein Blick fiel auf eine seichte, rot schimmernde Lache in der Rinne einer alten Räderspur; anscheinend stand sie noch vom letzten Regen. Er bückte sich und tauchte die Hand ein. Seine Finger färbten sich; es war Blut! Dann stellte er fest, daß ihn rings überall Blut umgab. Auf den großen, breiten Blättern des Unkrauts, das üppig am Straßenrand wuchs, befanden sich blutige Spritzer und Flecke. Die Stellen trockenen Staubs zwischen den Spuren waren wie mit roten Regentropfen übersät und besprizt. Breite rote Schlieren beschmutzten die Baumstämme, und vom Laub tropfte Blut wie Tau.

All das gewahrte er mit großem Entsetzen, das aber seinem Gefühl, es handle sich hier um den Abschluß einer zwangsläufigen Entwicklung, nicht zu widersprechen schien. Er glaubte, alles hinge mit irgendeinem Verbrechen zusammen, an das er sich nicht erinnern konnte, obwohl er von seiner Schuld wußte. Das Drohende und Mysteriöse seiner Umgebung wurde durch dieses Bewußtsein noch verstärkt. Vergeblich versuchte er sich den Augenblick ins Gedächtnis zurückzurufen, da er schuldig geworden war; Szenen und Vorfälle tauchten in wuchernder Fülle auf – ein Bild löste das andere ab oder vermischte sich mit ihm, um es zu verwirren und unverständlich zu machen – doch nirgends begegnete ihm auch nur eine schwache Spur dessen, was er suchte. Sein Entsetzen wurde durch den Mißerfolg noch vergrößert; er fühlte sich wie jemand, der in der Finsternis einen Menschen ermordet hat, ohne zu wissen, wen und warum. So schrecklich war seine Lage – der unheimliche Schimmer leuchtete still und bedrohlich; die schädlichen Pflanzen, die Bäume, sonst von so melancholischem und elendem Aussehen, hatten sich jetzt offensichtlich gegen seinen inneren Frieden verschworen; aus der Luft und von allen Seiten ertönte deutlich Geflüster, das ihn erschreckte, und überall waren die Seufzer von Wesen einer anderen Welt zu hören – so schrecklich war seine Lage, daß er es nicht länger ertrug und mit größter Anstrengung aus vollen Lungen anfing zu schreien, um den bösen Zauber zu brechen, der seine Kräfte lähmte. Es schien, daß sich seine Stimme in eine unendliche Vielzahl von Lauten auflöste und plappernd und stammelnd in den fernen Wäldern verstummte; danach war alles wieder wie vordem. Aber er hatte wenigstens angefangen, sich zu wehren, und war nun ermutigt. Er sagte: »Ich will mich nicht schweigend unterwerfen. Es können ja auch gute Mächte über diese verwünschte Straße ziehen. Ich werde ihnen eine schriftliche Aufzeichnung hinterlassen und ihre Hilfe erbitten. Ich werde von meinen Fehlern berichten und von den Verfolgungen, denen ich ausgesetzt bin – ich, ein hilfloser Sterblicher, ein Bußfertiger, ein harmloser Dichter!« Halpin Frayser war Dichter auch nur, wie er Büßer war: in seinem Traum nämlich.

Als er aus seiner Tasche ein kleines Notizbuch mit rotem Ledereinband zog – die Hälfte davon war für Notizen bestimmt – entdeckte er, daß er keinen Bleistift hatte. Er brach einen Zweig von einem Busch ab, tauchte ihn in eine Blutlache ein und schrieb eilig. Gerade als er mit der Spitze des Zweiges das Papier berührte, erscholl ein wildes, tiefes, dröhnendes Gelächter in unbestimmter Entfernung, das immer lauter wurde und immer näher zu kommen schien; es war ein seelenloses, herzloses und unfröhliches Lachen wie das eines einsamen Haubentauchers, der um Mitternacht am Seeufer sitzt; ein Lachen, das fast in einem unirdischen Schrei gipfelte und dann allmählich wieder erstarb, als ob das abscheuliche Wesen, dem es entstammte, sich hinter die Grenze jener Welt zurückgezogen hätte, aus der es gekommen war. Aber der Mann fühlte, daß das nicht stimmte – immer noch befand sich das Wesen in der Nähe und hatte sich nicht vom Platz bewegt.

Ein fremdartiges Gefühl begann sich langsam in seinem Körper und seinem Geist auszubreiten. Er konnte nicht sagen, ob irgendeiner seiner Sinne – wenn überhaupt einer – davon betroffen war; er empfand es mehr als eine besondere Art Bewußtseinszustand – eine geheimnisvolle geistige Gewißheit von der Anwesenheit einer unwiderstehlichen Macht – einer übernatürlichen, böswilligen Wesenheit, die sich von den sie umschwärmenden, unsichtbaren Wesen unterschied und ihnen an Macht überlegen war. Er wußte, daß sie es war, die so gräßlich gelacht hatte. Und jetzt schien sie sich ihm sogar zu nähern; er wußte nicht, aus welcher Richtung sie kam, und wagte auch nicht, Vermutungen darüber anzustellen. Alle seine vorausgegangenen Ängste waren ver-

gessen oder verschmolzen mit dem ungeheuren Entsetzen, das ihn jetzt erfaßte. Abgesehen davon hatte er jetzt nur eine Sorge: seinen Appell an die guten Mächte zu vollenden, die den vom Spuk heimgesuchten Wald durchkreuzten und die ihn vielleicht einmal retten könnten, wenn ihm die Gnade versagt bleiben sollte, daß sich schließlich alles in Nichts auflöst. Er schrieb in größter Eile; das Blut floß von dem Zweig, den er in der Hand hielt, flüssig auf das Papier, ohne daß er eintauchen mußte, aber mitten in einem Satz gehorchte ihm die Hand nicht mehr, seine Arme sanken schlaff herab, und das Buch fiel zu Boden; unfähig, sich zu bewegen oder zu schreien, starrte er in das stark verzerrte Gesicht und in die leeren, toten Augen seiner eigenen Mutter, die vor ihm, weiß und still, in ihrem Totenhemd stand!

II

In seiner Jugend hatte Halpin Frayser mit seinen Eltern in Nashville im Staate Tennessee gelebt. Die Fraysers waren wohlhabende Leute und waren in jenen Kreisen sehr angesehen, die die Katastrophe des Bürgerkrieges überstanden hatten. Ihren Kindern waren die Vorteile des Wohlstandes und der Erziehung zuteil geworden, die unter den Umständen der Zeit und des Ortes geboten werden konnten; und das Ergebnis des guten gesellschaftlichen Umgangs und eines guten Unterrichts waren annehmbare Manieren und kultivierter Geist. Halpin war der Jüngste und schien, vielleicht weil er nicht gerade zu den Kräftigsten gehörte, ein wenig ›verzogen‹. Er war dem doppelten Nachteil ausgesetzt, von der Mutter übertrieben umhegt und vom Vater vernachlässigt worden zu sein.

Frayser *père* war, was alle wohlhabenden Männer aus dem Süden von ganzem Herzen waren: Politiker. Sein Land oder besser sein Bezirk und Staat forderten so viel Zeit und Aufmerksamkeit von ihm, daß er nur mit einem Ohr auf die Wünsche seiner Familie hörte, weil das andere vom Gepolter und Geschrei der politischen Führer (und von seinem eigenen) taub geworden war.

Der junge Halpin hatte ein träumerisches, sorgloses und eher romantisches Wesen, das irgendwie mehr zur Literatur als zu einem juristischen Beruf neigte, für den er eigentlich erzogen wurde. Diejenigen seiner Verwandten, die den modernen Anschauungen der Vererbungslehre anhingen, zweifelten nicht daran, daß in ihm das Wesen des toten Bayne, eines Urgroßvaters mütterlicherseits, abermals dem Einfluß des Mondes ausgesetzt war, der einst schon auf das Leben Baynes so stark gewirkt hatte, daß er Dichter wurde und als solcher in der Kolonialzeit sogar ein gewisses Ansehen genoß. Obwohl jeder der Familie Frayser als unrühmliche Ausnahme galt, der nicht stolzer Besitzer eines kostbaren

Exemplars der ›Gesammelten Dichtungen‹ seines Vorfahren war (einstmals auf Kosten der Familie gedruckt und schon lange vom wenig interessierten Büchermarkt verschwunden), war doch zu merken, wenn es auch nicht besonders auffiel, daß eine unverständliche Abneigung bestand, den großen Toten in der Person seines geistigen Nachfolgers zu achten. Halpin wurde ziemlich von allen als ein intellektuelles schwarzes Schaf abgelehnt, das jeden Augenblick die Herde mit Schimpf beladen konnte, wenn es anfing, metrisch zu blöken. Die Fraysers aus Tennessee waren praktisch denkende Leute – nicht praktisch denkend in dem üblichen Sinn, daß sie ausschließlich gewinnbringenden Zwecken dienten – aber sie straften jeden mit kräftiger Verachtung, dessen Eigenschaften nicht zu dem nützlichen Beruf des Politikers taugten.

Um jedoch gegen den jungen Halpin gerecht zu sein, muß erwähnt werden, daß zwar die meisten geistigen und moralischen Charakterzüge des Vorfahren ziemlich genau bei ihm wiederkehrten, die dem berühmten Barden der Kolonialzeit von Überlieferung und Familientradition nachgesagt wurden, aber auch, daß seine dichterische Gabe und Fähigkeit nur als Annahme in den Köpfen seiner Verwandten lebte. Er schenkte der Muse nicht nur wenig Beachtung, sondern war in Wirklichkeit gar nicht fähig, auch nur eine einzige richtige Verszeile zu schreiben. Trotzdem konnte man nicht wissen, wann das vielleicht schlummernde Talent erwachte und die Leier schlüge.

In der Zwischenzeit jedenfalls war der junge Mann ein lockerer Vogel. Zwischen ihm und seiner Mutter herrschte völliges Einvernehmen, denn heimlich war die Dame selbst eine andächtige Schülerin des toten, großen Myron Bayne, obwohl sie aus Taktgefühl, das ihrem Geschlecht allgemein und mit Recht nachgerühmt wird (wenn auch dreiste Verleumder behaupten, es sei nur Schlauheit), immer besorgt war, ihre Schwäche vor den Augen aller zu verbergen, außer denen des Sohnes, der diese Schwäche mit ihr teilte. Durch ihre gemeinsame ›Schuld‹ wurden die Bande zwischen ihnen noch verstärkt. War Halpin in seiner Jugend von seiner Mutter verzogen worden, so lag die Ursache gewiß auch in seinem Verhalten. Als er so weit zum Manne heranwuchs, wie es jemandem aus den Südstaaten (der sich um den Ausgang von Wahlen nicht kümmert) möglich ist, wurde die Zuneigung zwischen ihm und seiner schönen Mutter – die er von Kindheit an Katy genannt hatte – von Jahr zu Jahr immer stärker und zärtlicher. In diesen beiden romantischen Naturen trat in bemerkenswerter Weise jenes unbeachtete Phänomen hervor, das im Vorherrschen sexueller Elemente in allen Beziehungen des Lebens besteht; selbst die Beziehungen unter Blutsverwandten werden dadurch inniger, zärtlicher und schöner. Die beiden waren fast unzertrennlich, und Fremde, die sie beobachteten, glaubten tatsächlich oft, es sei ein Liebespaar.

Eines Tages kam Halpin Frayser in das Zimmer seiner Mutter, küßte sie auf die Stirn, spielte einen Augenblick lang mit einer Locke ihres dunklen Haares, die der Haarnadel entschlüpft war, und sagte mit sichtlich erzwungener Ruhe:

»Würde es dir sehr schwer fallen, Katy, wenn ich für einige Wochen nach Kalifornien fortmüßte?«

Es war kaum notwendig für Katy, auf eine Frage zu antworten, die durch die verräterische Färbung ihrer Wangen ohnehin sofort beantwortet worden war. Offenbar würde es ihr sehr schwer fallen; und zur Bestätigung traten ihr auch noch Tränen in die großen braunen Augen.

»Ach, mein Sohn«, sagte sie und sah ihn mit unendlicher Zärtlichkeit an, »ich hätte mir denken müssen, daß so etwas kommt. Habe ich nicht eine halbe Nacht weinend wach gelegen, weil Großvater Bayne mir im Traum erschienen war? Er stand unter seinem Porträt – übrigens sah er so jung und stattlich aus wie auf dem Gemälde – und zeigte auf dein

Bildnis an der Wand. Und als ich es genauer betrachtete, schien es, als ließen sich die Gesichtszüge nicht erkennen; dein Gesicht war mit einem Tuch bedeckt, wie man sonst das Antlitz der Toten verhüllt. Obwohl dein Vater mich ausgelacht hat, wissen wir beide doch, mein Lieber, daß solche Zeichen nicht ohne Bedeutung sind. Und am unteren Rand des Tuches sah ich dann auch Würgemale an deiner Kehle – verzeih mir, aber wir haben auch solche Dinge voreinander nie verheimlicht. Vielleicht hast du eine andere Deutung. Vielleicht soll das gar nicht heißen, daß du nach Kalifornien gehst. Oder möglicherweise nimmst du mich sogar mit?«

Es muß eingeräumt werden, daß diese phantasievolle Auslegung des Traumes unter dem Eindruck des eben erst eröffneten Planes dem logischer denkenden Sohn nicht ganz einleuchtete; augenblicklich jedenfalls war er der Überzeugung, daß der Traum ein viel einfacheres, wenn auch nicht weniger tragisches und unmittelbar bevorstehendes Unglück als eine Reise an die pazifische Küste ankündigte. Halpin Frayser deutete den Traum dahin, daß er auf dem Boden seiner Heimat erdrosselt werden sollte.

»Gibt es in Kalifornien nicht Heilquellen?« begann Mrs. Frayser wieder, bevor er noch die richtige Auslegung des Traumes hervorbringen konnte – »irgendwelche Kurorte, wo man von Rheuma und Neuralgie geheilt wird? Sieh mal, meine Finger sind so steif; und ich glaube ganz bestimmt, daß sie mir sehr weh getan haben, als ich schlief.«

Sie hielt ihm ihre Hände zur Begutachtung hin. Wie die Diagnose auch gelautet haben mag, die der junge Mann lieber lächelnd verschwieg, dem Verfasser ist sie unbekannt; aber er fühlt sich verpflichtet zu sagen: bei keiner medizinischen Untersuchung sind jemals – selbst von der hübschesten Patientin nicht, die nur einmal eine neue Umgebung verordnet haben wollte – Finger vorgezeigt worden, die so wenig Anzeichen von Steifheit und auch nur leisestem Schmerz aufwiesen.

Das Ergebnis war, daß der eine dieser beiden sonderbaren Menschen – beide besaßen auch die gleichen sonderbaren Vorstellungen von Pflicht – nach Kalifornien reiste, um die Interessen eines Klienten wahrzunehmen, während der andere, dem Wunsche des Abgereisten entsprechend, zu Hause blieb – einem Wunsch, den der Vater sicherlich nicht teilte.

Als Halpin Frayser während einer dunklen Nacht im Hafengebiet von San Francisco spazierenging, wurde er mit einer Plötzlichkeit, die ihn überraschte und fassungslos machte, zum Seemann gemacht. Er wurde tatsächlich ›geschanghait‹, kam auf ein sehr, sehr stattliches Schiff und fuhr in ein fernes Land. Aber mit der Reise war sein Unglück nicht zu Ende; denn das Schiff strandete auf einer Insel im Pazifik, und es dauerte volle sechs Jahre, bis die Schiffbrüchigen von einem verwegenen Handelsschoner nach San Francisco zurückgebracht wurden.

Trotz seiner Armut war Frayser noch immer so stolz wie in alten Zeiten, die schon ewig lange zurückzuliegen schienen. Er wollte keine fremde Hilfe annehmen. Und so war es dazu gekommen, daß er eines Tages aus der Nähe der Stadt St. Helena, wo er mit einem anderen Schiffbrüchigen zusammen lebte und auf Nachrichten und Geld von zu Hause wartete, auf die Pirsch ging und dabei träumte.

III

Die Erscheinung, die vor dem Träumer im Geisterwald auftauchte und die seiner Mutter so ähnlich und doch auch so unähnlich sah, war schrecklich! Keine Gefühle der Liebe oder Sehnsucht wurden in seinem Herzen geweckt; keine schönen Erinnerungen einer goldnen Vergangenheit – überhaupt kein Gefühl erwachte; alle feineren Empfindungen wurden von der Angst verschlungen. Er versuchte sich abzuwenden und fortzulaufen, aber seine Beine waren wie aus

Blei; es gelang ihm nicht, die Füße hochzuheben. Seine Arme hingen seitlich hilflos herunter; nur die Augen gehorchten ihm noch, aber er wagte sie nicht von den matten Augen der Erscheinung abzuwenden, von der er wußte, daß sie nicht eine Seele ohne Körper war, sondern eines jener allerentsetzlichsten Wesen, von denen der Geisterwald heimgesucht wurde – ein wandernder Körper ohne Seele! Aus dem leeren Starren der Augen sprachen weder Liebe noch Mitleid noch Intelligenz – nichts, das man um Erbarmen hätte anrufen können. ›Das Gnadengesuch ist ehrlich gemeint‹, dachte er und verfiel mit dieser Formulierung absurderweise in seinen einstigen Berufsjargon, wodurch die Situation nur noch schrecklicher gemacht wurde, so wie durch die Glut einer einzigen Zigarre ein ganzes Grabgewölbe erhellt werden kann.

Eine Zeitlang stand die Erscheinung nur einen Schritt entfernt und betrachtete ihn mit der geistlosen Bösartigkeit eines wilden Tieres; die Welt schien unterdessen grau vor Alter und Sünde zu werden, und der Geisterwald, als habe er mit dieser monströsen Steigerung der Schrecken seinen Zweck erfüllt, schwand mitsamt seinen Geistern und gespenstischen Lauten aus dem Bewußtsein Fraysers. Doch plötzlich streckte die Erscheinung die Hände vorwärts und sprang mit entsetzlicher Wildheit auf ihn zu! Das Geschehnis weckte seine physischen Kräfte, während sein Wille weiter gelähmt blieb. Zwar war sein Geist immer noch gebannt, aber sein kräftiger Körper und die flinken Glieder in ihrer blindwütigen, groben Behendigkeit wehrten sich tapfer und gut. Einen Augenblick lang beobachtete er diesen unnatürlichen Kampf zwischen kalter Intelligenz und mechanischer Abwehr wie ein Außenstehender – in Träumen gibt es manchmal solche Gefühle; seine Identität gewann er dadurch zurück, daß er sich in seinen Körper sozusagen hineinstürzte, so daß die angespannten mechanischen Bewegungen jetzt von einem Willen abgelenkt wurden, der so umsichtig und wild war wie der seiner gräßlichen Gegenspielerin.

Aber welcher Sterbliche kann sich mit einem Geschöpf seiner Traumwelt messen? Die Phantasie, die den Feind erschafft, ist schon besiegt; der Ausgang des Kampfes ist Ursache des Kampfes. Aber trotz seiner Abwehr, trotz aller Kraft und Aktivität, die im leeren Raum vergeudet zu sein schienen, fühlte er die kalten Finger unmittelbar an seiner Kehle. Hintenüber zur Erde gebeugt, sah er eine Handbreit über sich das tote, verzerrte Gesicht, und dann wurde alles schwarz. Ein Ton wie von einer Trommel in der Ferne, ein murmelndes Stimmengewirr, ein scharfer, ferner Schrei, dem wieder Stille folgte – und dann träumte Halpin Frayser, er sei tot.

IV

Auf eine warme, klare Nacht war ein feucht-nebliger Morgen gefolgt. Als an diesem Tag der Nachmittag etwa zur Hälfte vergangen war, hatte man an der Westseite des Berges St. Helena – oben in Gipfelnähe, wo es schon kahl ist – ein kleines Wölkchen aus Lichtdunst beobachtet, eigentlich nur eine atmosphärische Verdichtung, etwas wie den Geist einer Wolke. Das Phänomen war so zart, so durchsichtig, als wäre ein Phantasiegebilde sichtbar geworden, so daß man hätte ausrufen mögen: »Sieh nur, schnell! Gleich ist es vorbei.«

Einen Augenblick lang konnte man die Wolke deutlicher sehen, größer und dichter. Sie hing mit der einen Seite am Berg, während die andere Seite immer weiter und weiter über den Abhang in die Luft hinaus ragte. Zur gleichen Zeit dehnte sie sich nach Norden und Süden aus und vereinigte sich mit kleineren Nebelschwaden, die auf gleicher Höhe aus dem Berg zu kommen schienen wie nach einem vorbedachten Plan, der streng eingehalten werden müßte. Und so wuchs und wuchs sie, bis der Gipfel vom Tal aus nicht mehr zu sehen war und bis das Tal von einem sich ständig vergrößernden Baldachin undurchsichtig und grau überdacht wurde. In Caligosta, das nahe dem Taleingang am Fuß des Berges lag, folgten eine sternenlose Nacht und ein nebliger Morgen. Nachdem der Nebel ins Tal gesunken war, hatte er eine Farm nach der andern verschluckt und schließlich auch die Stadt St. Helena, neun Meilen entfernt, ausgelöscht. Der Straßenstaub war wie besprengt; die Bäume tropften von Feuchtigkeit; die Vögel saßen schweigend in ihren Verstecken; das morgendliche Licht war fahl und gespenstisch, ohne Farbe und Glanz.

Zwei Männer verließen die Stadt St. Helena beim ersten Morgenschimmer und gingen auf der Straße, die in nördlicher Richtung ins Tal nach Caligosta führte. Sie hatten Gewehre geschultert, und jemand, der nicht Bescheid wußte, hätte denken können, es seien Jäger, die auszogen, Vögel oder anderes Getier zu erlegen. Es waren aber der stellvertretende Sheriff von Napa und ein Detektiv aus San Francisco – beziehungsweise Holker und Jaralson. Sie waren auf Menschenjagd.

»Wie weit ist es eigentlich?« fragte Holker, als sie auf der Straße ausschritten, wobei von ihren Füßen der weiße Staub unter der feuchten Oberfläche aufgewirbelt wurde.

»Bis zur weißen Kirche? Nur noch eine halbe Meile von hier«, antwortete der andere. »Übrigens«, fügte er hinzu, »ist das Gebäude weder weiß noch eine Kirche; es ist eine ehemalige Schule, grau vor Alter und vernachlässigt. Früher, als sie noch weiß war, wurden Gottesdienste darin abgehalten, und gleich daneben befindet sich ein Friedhof, an dem ein Dichter seine Freude hätte. Ahnen Sie schon, warum ich Sie holen ließ und auch noch um Eile bat?«

»Oh, ich war in diesen Sachen niemals ungeduldig. Sie

haben mir meistens von selbst alles erzählt, wenn es soweit war. Aber wenn ich mal eine Vermutung anstellen darf: ich glaube, ich soll Ihnen helfen, eine der Leichen auf dem Friedhof zu verhaften.«

»Erinnern Sie sich an Branscom?« fuhr Jaralson fort und ging über die Witzelei seines Begleiters mit jener Nichtbeachtung hinweg, die sie verdiente.

»An den Kerl, der seiner Frau die Kehle durchschnitten hat? Das will ich wohl meinen; eine ganze Woche hat mich der Fall gekostet, und ich habe damals eine Menge Arbeit damit gehabt, aber alles umsonst. Man hat für die Ergreifung des Täters eine Belohnung von fünfhundert Dollar ausgesetzt. Sie wollen doch nicht etwa sagen...«

»Doch, das will ich. Er ist euch Kerlen die ganze Zeit direkt vor der Nase herumgelaufen. Er kommt nämlich jede Nacht zu dem alten Friedhof neben der weißen Kirche.«

»Zum Teufel! Dort haben sie ja seine Frau begraben.«

»Ganz richtig, und ihr Burschen hättet Verstand genug haben sollen, um euch zu sagen, daß er irgendwann wieder an ihrem Grabe auftauchen wird.«

»Allerdings der allerletzte Ort, wo irgend jemand ihn erwartet hätte.«

»Aber dafür habt ihr die anderen Plätze alle abgesucht. Aus eurer ergebnislosen Fahndung habe ich gelernt und habe mich am Friedhof auf die Lauer gelegt.«

»Und haben Sie ihn entdeckt?«

»Verdammt! Er hat mich entdeckt. Dieser Halunke stürzte auf mich los, überfiel mich regelrecht und machte mir Beine. Nur wie durch ein Wunder des Himmels bin ich ihm entkommen. Oh, der hat es in sich! Die Hälfte der Belohnung haben Sie bestimmt redlich verdient, wenn wir mit ihm zu tun bekommen sollten.«

Holker lachte gutgelaunt und meinte, daß ihn glücklicherweise seine Gläubiger seit einiger Zeit in Ruhe ließen.

»Ich wollte Ihnen nur die Stelle zeigen und die Vorkehrungen mit Ihnen besprechen«, bemerkte der Detektiv. »Ich war außerdem der Ansicht, daß wir uns beeilen sollten, auch wenn es noch Tag ist.«

»Der Mann muß geisteskrank sein«, sagte der stellvertretende Sheriff. »Die Belohnung wurde für seine Ergreifung und den Schuldbeweis ausgesetzt. Aber wenn er geisteskrank ist, dann wird man ihm seine Schuld nicht nachweisen können.«

Mister Holker blieb unfreiwillig mitten auf der Straße stehen, so betroffen war er, daß möglicherweise der Erfolg mangels nachgewiesener Schuld ausbleiben sollte; danach lief er mit vermindertem Schwung weiter.

»Nun ja, er sieht jedenfalls so aus«, gab Jaralson zu. »Ich muß schon bekennen, daß ich außerhalb der alten und ehrbaren Bruderschaft der Tramps noch keinen anderen Lumpen getroffen habe, der unrasierter, ungeschorener, verwahrloster und so weiter aussah. Aber ich habe mich nun einmal damit befaßt und kann mich nicht entschließen, die Sache wieder fallenzulassen. Auf alle Fälle können wir dabei Lorbeeren gewinnen. Niemand sonst weiß, daß der Kerl sich auf dieser Seite der Mondberge 'rumtreibt.«

»In Ordnung«, erwiderte Holker; »wir werden uns die Stelle mal ansehen«, und fügte die Worte einer einst beliebten Grabinschrift hinzu: »›Wo auch du bald ruhst‹ — ich meine, wenn der alte Branscom von Ihnen und Ihrer unverschämten Aufdringlichkeit jemals genug haben sollte. Übrigens habe ich neulich gehört, daß ›Branscom‹ gar nicht sein richtiger Name ist.«

»Wie dann?«

»Ich kann mich nicht mehr daran erinnern. Ich hatte an diesem Schuft jedes Interesse verloren und prägte mir deshalb den Namen nicht ein — aber so ähnlich wie Pardee. Die Frau, der er so geschmacklos die Kehle durchgeschnitten hat, war Witwe, als er sie kennenlernte. Sie war nach Kalifornien gekommen, um Verwandte zu besuchen — es soll tatsächlich Leute geben, die das manchmal tun. Aber Ihnen ist das ja alles bekannt.«

»Selbstverständlich.«

»Aber wenn Sie den richtigen Namen nicht kannten, welche glückliche Eingebung hatten Sie dann, das richtige Grab zu finden? Der Mann, der mir den Namen genannt hat, sagte, der Name sei auf einer Tafel am Kopfende eingeschnitzt.«

»Ich kenne das richtige Grab nicht.« Jaralson sträubte sich ein wenig, zuzugeben, daß ihm eine so wichtige Einzelheit seines Planes nicht bekannt sei. »Ich habe den Platz hier nur ganz allgemein beobachtet. Ein Teil unserer Aufgabe heute ist es, das Grab ausfindig zu machen. Da ist schon die weiße Kirche.«

Die Straße hatte ein langes Stück mitten durch Felder geführt, jetzt aber lag auf der linken Seite ein Wald aus Eichen, Madroñobäumen und riesigen Fichten, deren untere Zweige verschwommen und gespenstisch aus dem Nebel auftauchten. Das Unterholz war stellenweise dick, aber nirgends undurchdringlich. Einen Augenblick lang konnte Holker von dem Gebäude nichts entdecken, aber als sie in den Wald einbogen, wurde im Nebel sein schwach angedeuteter, grauer Umriß sichtbar; es schien von riesigem Ausmaß und weit entfernt. Ein paar Schritte weiter, dann war es zum Greifen nah und trat, vor Feuchtigkeit dunkel und in seiner Größe unbedeutend, hervor. Es war als übliches Landschulhaus erbaut, im Baukastenstil; es besaß steinerne Grundmauern, ein mit Moos bewachsenes Dach und leere Fensterhöhlen, aus denen lange schon das Glas und die Rahmen verschwunden waren. Man hatte es zwar ruiniert, aber eine Ruine war es nicht – ein typischer kalifornischer Ersatz dessen, was in ausländischen Reiseführern als ›Denkmal der Vergangenheit‹ bezeichnet wird. Ohne das Bauwerk auch nur mit einem Blick zu würdigen, ging Jaralson durch das tropfende Unterholz zur anderen Seite herum.

»Ich will Ihnen zeigen, wo er mich überfallen hat«, sagte er. »Hier ist der Friedhof.«

Die Büsche waren hier und da von Gräbern unterbrochen; manchmal lag dazwischen auch nur ein einzelnes Grab. Sie waren als Gräber durch die verwaschenen Steine oder verrotteten Tafeln am Kopf- und Fußende kenntlich, die ganz schief standen, zum Teil am Boden lagen; sie waren kenntlich an ihrer zerfallenen Umfriedung oder häufig auch an dem Erdhügel selbst, der mit seiner Kiesdecke aus dem heruntergefallenen Laub herausragte. Oft war die Stelle, wo die Überreste eines armen Sterblichen lagen – der, ›einen großen Kreis von trauernden Freunden‹ hinterlassend, auch von ihnen verlassen war – nur an der tief eingesunkenen Erde erkenntlich, die mehr auf dem Toten lastete als die Trauer auf den Herzen der Hinterbliebenen. Die Pfade waren, sollte es jemals welche gegeben haben, verschwunden; man hatte es zugelassen, daß Bäume von beträchtlicher Größe auf den Gräbern wuchsen und mit Zweigen oder Wurzeln die Einzäunungen sprengten. Über allem lag eine Atmosphäre des Verzichts und Verfalls, wie sie am deutlichsten auf einer Ruhestätte vergessener Toter spürbar wird.

Als die beiden Männer, Jaralson voran, sich einen Weg durch die jungen Bäume bahnten, hielt der unternehmungslustige Jaralson plötzlich inne, brachte sein Gewehr in Anschlag, stieß einen leisen Warnruf aus und stand dann regungslos da, während seine Augen weiter vorn etwas beobachteten. Sein Begleiter nahm, so gut er konnte, die gleiche Haltung ein, obwohl er nichts sah, und wartete auf die folgenden Ereignisse. Einen Augenblick später bewegte sich Jaralson vorsichtig vorwärts, der andere folgte ihm.

Unter den Zweigen einer ungeheuren Fichte lag ein toter Mann. Während sie schweigend vor dem Toten standen, prägten sie sich zuerst solche Einzelheiten ein, wie sie beim ersten Anblick auffallen – das Gesicht, die Haltung, die Kleidung; alles, was mitfühlender Wißbegierde eine rasche, klare Antwort geben kann.

Der Tote lag mit weit gespreizten Beinen auf dem Rücken. Ein Arm lag nach oben, der andere zur Seite ausgestreckt; aber der letztere war im spitzen Winkel eingeknickt, die Hand lag dicht bei der Kehle. Beide Hände waren stark verkrampft. Die ganze Haltung ließ auf eine verzweifelte, aber vergebliche Abwehr schließen – gegen wen?

In der Nähe lagen eine Schrotflinte und ein Jagdbeutel, durch dessen Maschen das Gefieder erlegter Vögel leuchtete. Ringsum waren die Spuren eines schrecklichen Kampfes zu finden; kleine Sprößlinge der Gifteiche waren umgeknickt, Laub und Rinde heruntergefetzt; verwelktes und faulendes Laub war zu beiden Seiten der Beine von fremden Füßen zu Haufen und länglichen Hügeln zusammengeschoben worden; auf den Haufen befanden sich eindeutig Abdrücke von menschlichen Knien.

Die Art des Kampfes konnte man leicht feststellen, wenn man einen Blick auf die Kehle und das Gesicht des Toten warf. Während die Brust und die Hände weiß waren, hatten Gesicht und Kehle eine purpurne, fast schwarze Färbung. Die Schultern lagen auf einem niedrigen Erdhügel, der Kopf war nach hintenüber gebogen, die weit aufgerissenen, leeren Augen starrten nach hinten, genau in die den Füßen entgegengesetzte Richtung. Aus dem Schaum, der den offenen Mund füllte, trat, schwarz und geschwollen, die Zunge hervor. Die Kehle wies schreckliche Quetschungen auf; sichtbar waren nicht nur Fingerabdrücke, sondern auch Kratzer und blaue Flecke, die von zwei kräftigen Händen herrühren mußten; offensichtlich hatten diese sich in das weiche Fleisch eingekrallt und ihren schrecklichen Griff erst dann gelockert, als bereits seit einer Weile der Tod eingetreten war. Brust, Kehle und Gesicht waren feucht; die Kleidung war von Feuchtigkeit durchtränkt; der Nebel hatte sich zu einzelnen Tropfen verdichtet und war auf das Haar und den Schnurrbart des Toten gefallen.

Schweigend gewahrten die beiden Männer das alles, fast auf den ersten Blick. Dann sagte Holker:

»Armer Teufel! Er wurde hart mitgenommen.«

Jaralson untersuchte den Wald ringsum mit größter Vorsicht, der Hahn seiner Flinte war gespannt, er hielt sie mit beiden Händen, den Finger am Abzug.

»Die Tat eines Wahnsinnigen«, erwiderte er, ohne das

eingezäunte Waldstück aus den Augen zu lassen. »Der Täter ist Branscom – Pardee.«

Holkers Aufmerksamkeit wurde von einem Gegenstand gefangengenommen, der auf der Erde lag und unter den zerfetzten Blättern hervorschaute. Es war ein Notizbuch, in rotes Leder eingebunden. Er hob es auf und öffnete es. Es enthielt weiße Seiten für Notizen, auf der ersten stand der Name: Halpin Frayser. Auf ein paar weiteren Seiten standen in roter Schrift – wie in größter Hast hingekritzelt, kaum zu entziffern – Verse; Holker las sie laut, während sein Begleiter die dunkle, graue Umgebung (das Motiv des Gedichtes) weiter gründlich untersuchte und die Ursache der Angstvorstellungen in den Tropfen zu erkennen glaubte, die von den nässeschweren Ästen niederfielen:

Geheimnisvoller Zauber traf mich
In der erhellten Finsternis des Zauberwalds.
Zypresse und Myrte verschränkten die Zweige,
Zeichenhaft, in unheilschwangerer Eintracht.

Die brütende Weide flüsterte mit der Eibe;
Darunter tödlicher Nachtschatten wuchs,

Rauten, Immortellen, scheußliche Nesseln
Fügten sich zu fremder Trauergestalt.

Kein Vogelsang, kein Bienengesumm,
Keine heilsame Brise hob das leichte Blatt:
Die Luft stand still, und Stille war
Gleichsam lebendig, atmend zwischen den Bäumen.

Geister verschworen sich flüsternd im Dunkel,
Stille Grabgeheimnisse hörte ich.
Blut tropfte von Bäumen herab; die Blätter
Glänzten im Hexenlicht von rotem Reif.

Ich schrie vor Angst – Noch immer umfing
Der Zauber Seele und Willen.
Seele, Herz und Hoffnung waren geraubt,
Ich irrte in banger, böser Ahnung verloren.

Und dann der unsichtbare –

Holker hörte auf zu lesen; da stand nichts mehr auf dem Blatt. Das Manuskript endete mitten in der Zeile.

»Das klingt fast wie Bayne«, bemerkte Jaralson, der sich auf diesem Gebiet etwas auskannte. Er hatte seine Suche abgebrochen und stand vor der Leiche und betrachtete sie.

»Wer ist Bayne?« fragte Holker ziemlich gleichgültig.

»Myron Bayne lebte in den Anfangszeiten der Nation – vor über hundert Jahren. Schrieb ziemlich schauriges Zeug; ich besitze seine gesammelten Werke. Allerdings ist dieses Gedicht nicht darin enthalten, es ist sicherlich durch einen Irrtum ausgelassen worden.«

»Es ist kalt«, sagte Holker; »wir wollen gehen; wir müssen den Leichenbeschauer aus Napa holen.«

Jaralson schwieg, aber er winkte sein Einverständnis. Als er am Ende der niedrigen Erdaufschüttung vorüberging, auf der Kopf und Schultern des Mannes lagen, stieß er mit dem Fuß an einen harten Gegenstand, der unter dem faulenden Laub verborgen war; er schubste ihn hervor. Es war die heruntergefallene Namenstafel, auf der, nur noch schwer lesbar, die Worte aufgemalt waren: ›Catherine Larue‹.

»Larue, Larue!« rief Holker aus, plötzlich munter geworden.

»Aha, das also ist der wirkliche Name Branscoms, nicht Pardee. Und – ich weiß selbst nicht, wie ich darauf komme – der Name der ermordeten Frau ist Frayser!«

»Die Sache ist verdammt mysteriös«, bemerkte der Detektiv Jaralson. »Ich hasse alle derartigen Fälle.«

Aus dem Nebel ertönte ein Gelächter – anscheinend aus großer Entfernung – ein tiefes, absichtliches, seelenloses Lachen, das genauso wenig der Fröhlichkeit entsprungen war wie das Lachen der Hyäne, wenn sie nachts in der Wüste umherstreift; ein Gelächter, das sich langsam immer mehr steigerte, lauter und lauter, dann klarer wurde, deutlicher und schrecklicher, bis sie glaubten, es hätte sich so genähert, daß der Lachende in jedem Augenblick auftauchen müßte; ein Lachen, das so unnatürlich, so unmenschlich und teuflisch war, daß es diese harten Menschenjäger mit unsäglicher Furcht erfüllte! Sie griffen weder zu ihren Waffen, noch dachten sie auch nur daran; das Bedrohliche der entsetzlichen Laute war nicht derart, daß man mit einer Waffe dagegen etwas ausrichten könnte. So wie es aus der Stille plötzlich gekommen war, erstarb es nun auch wieder; nachdem es in einem Schrei gegipfelt hatte – fast unmittelbar neben ihnen, so schien es –, hatte es sich wieder entfernt, bis seine ersterbenden Reste, freudlos und mechanisch, irgendwo weit fort in der Stille vergingen.

Die Totenwache

I

Im Giebelzimmer eines leerstehenden Hauses in jenem Teil von San Francisco, den wir als North Beach kennen, lag der Körper eines Mannes, mit einem Laken zugedeckt. Es war gegen neun Uhr abends; der Raum war durch eine einzige Kerze matt erleuchtet. Trotz des warmen Wetters waren die beiden Fenster – im Gegensatz zu dem Brauch, einem Toten viel Luft zu lassen – geschlossen und die Rouleaus heruntergezogen. Die Einrichtung des Zimmers bestand aus nur drei Möbelstücken: einem Armsessel, einem kleinen Lesepult, auf dem die Kerze stand, und einem langen Küchentisch – auf ihm lag der Körper des Mannes. Diese Möbel wie auch der Tote waren anscheinend erst kürzlich hereingebracht worden, denn ein Beobachter, wenn einer dagewesen wäre – hätte bemerkt, daß sie alle frei von dem Staub waren, der alles andere ziemlich dicht bedeckte, und er hätte die Spinnweben in den Ecken der Wände gesehen.

Unter dem Laken zeichneten sich die Umrisse des Körpers ab, sogar die Gesichtszüge; diese hatten die unnatürlich scharfen Konturen, die, wie man meint, zum Antlitz eines Toten gehören, die aber tatsächlich ein Charakteristikum derjenigen sind, an denen eine Krankheit gezehrt hat. Aus der Stille des Raumes hätte man mit Recht geschlossen, daß er nicht an der Vorderseite des Hauses lag und auf eine Straße hinausging. Es war nichts gegenüber als eine hohe Felsbrüstung, denn der Rücken des Gebäudes war in den Berg hineingebaut.

Eine nahe Kirchenuhr schlug neun mit einer Lässigkeit, die so viel Gleichgültigkeit andeutete, daß man sich beinahe fragte, warum sie sich überhaupt die Mühe nehme zu schlagen. Beim letzten Schlag wurde die einzige Tür des Zimmers geöffnet; ein Mann trat ein und ging auf den Toten zu. Währenddessen schloß sich die Tür wie aus eigener Willenskraft; dann kam ein kratzendes Geräusch, als würde unter Schwierigkeiten ein Schlüssel umgedreht, und dann das Einschnappen eines Riegelbolzens in seine Hülle. Es folgten Schritte, die sich draußen im Gang entfernten, und nun war der Mann allem Anschein nach ein Gefangener. Er trat an den Tisch und stand einen Augenblick und schaute hinab auf den verhüllten Körper; dann zuckte er ein wenig die Achseln, ging zu einem der Fenster und hob das Rouleau. Draußen war es vollkommen dunkel, die Scheiben waren mit Staub bedeckt, aber als er ihn wegwischte, stellte er fest, daß das Fenster mit starken Eisenstäben versehen war, die sich über dem Glas kreuzten und an beiden Enden in die Mauer gebettet waren. Er prüfte das andere Fenster. Es war dasselbe. Er legte dabei keine große Neugierde an den Tag, er bewegte nicht einmal die verschiebbare Scheibe. Wenn er ein Gefangener war, dann offenbar ein sehr fügsamer. Als er das Zimmer untersucht hatte, setzte er sich in den Armstuhl, holte ein Buch aus seiner Tasche, zog das Lesepult mit der Kerze heran und fing an zu lesen.

Der Mann war jung, nicht älter als dreißig, mit dunklem Teint, glatt rasiert, braunhaarig. Sein Gesicht war schmal,

mit scharfer Adlernase, breiter Stirn und von jener Festigkeit der Backenknochen und des Kinns, die auf große Entschlossenheit hindeuten soll. Die Augen waren grau und der Blick fest, er bewegte ihn nur, um einen Gegenstand direkt anzusehen. Jetzt war er die meiste Zeit auf das Buch geheftet, aber gelegentlich hob er ihn und richtete ihn auf die Gestalt auf dem Tisch, aber anscheinend nicht durch das Unheimliche angezogen, das unter solchen Umständen auch sehr beherzte Menschen wider Willen fasziniert, und auch nicht mit der bewußten Auflehnung gegen den entgegengesetzten Eindruck, die ein schwächerer Charakter empfinden würde. Er sah den Toten an, als sei er beim Lesen an eine Stelle gekommen, die ihm seine Umgebung wieder ins Bewußtsein rief. Wirklich, dieser Wächter des Toten entledigte sich seiner Aufgabe, wie es sich ziemte – mit Verstand und Haltung.

Nachdem er etwa eine halbe Stunde gelesen hatte, schien er am Ende eines Kapitels angelangt zu sein; er legte das Buch gelassen beiseite. Dann erhob er sich, nahm das kleine Lesepult und trug es in eine Ecke des Zimmers, in die Nähe des einen Fensters. Er ergriff die Kerze und kehrte damit zu dem leeren Kamin zurück, vor dem er gesessen hatte.

Ein wenig später trat er zu der Gestalt auf dem Tisch, hob das Laken und schlug es am Kopfende etwas zurück; dabei enthüllte er eine Masse dunklen Haars und ein dünnes Gesichtstüchlein, unter dem die Züge noch schärfer hervortraten als zuvor. Er beschattete seine Augen, indem er die freie Hand zwischen sie und die Kerze hielt, und sah mit ernstem und ruhigem Blick auf seinen regungslosen Gefährten. Befriedigt von dem, was er sah, zog er das Laken wieder hoch und kehrte zu dem Sessel zurück. Er nahm einige Zündhölzer aus dem Behälter des Leuchters, steckte sie in die Seitentasche seines Sakkos und setzte sich. Dann nahm er die Kerze vom Halter und betrachtete sie kritisch, als berechne er, wie lange sie brennen würde. Sie war nur zwei Zoll lang – also noch eine Stunde, dann würde er im Dunkeln sein. Er steckte sie auf den Halter zurück und blies sie aus.

II

In dem Ordinationszimmer eines Arztes in der Kearny Street saßen drei Männer um einen Tisch; sie tranken Punsch und rauchten. Es war spät am Abend, beinahe Mitternacht, und der Punsch war ihnen nicht ausgegangen. Der gesetzteste von ihnen, Dr. Helberson, war der Gastgeber, und sie saßen in seiner Praxis. Er mochte dreißig Jahre alt sein; die andern waren noch jünger, und alle drei waren Mediziner.

»Die abergläubische Scheu, mit der die Lebenden den Toten betrachten«, sagte Dr. Helberson, »ist angeboren und unheilbar. Man braucht sich ihrer nicht mehr zu schämen als der Tatsache, daß man beispielsweise eine Begabung für Mathematik oder einen Hang zum Lügen geerbt hat.«

Die andern lachten. »Sollte der Mensch sich nicht schämen zu lügen?« fragte der Jüngste, der tatsächlich noch Student ohne jedes Examen war.

»Mein lieber Harper, davon habe ich nichts gesagt. Der Hang zum Lügen ist ein Ding für sich – das Lügen selbst ein ganz anderes.«

»Aber meint ihr«, fragte der dritte, »daß dieses abergläubische Gefühl, diese Furcht vor dem Toten, die wir als unbegründet erkannt haben, etwas Allgemeines ist? Ich selbst bin mir ihrer nämlich nicht bewußt.«

»Oh, sie steckt dennoch in deinen Nerven«, erwiderte Helberson. »Es kommt nämlich nur auf die Umstände an – auf den günstigen Augenblick, wie Shakespeare es nennt – daß sie sich in irgendeiner sehr unangenehmen Weise manifestiert, die dir ein für allemal die Augen öffnen wird. Natürlich sind Soldaten und Mediziner freier von dieser Furcht als andere Leute.«

»Mediziner und Soldaten! Und warum sagst du nichts von Henkern und Scharfrichtern? Nur niemanden auslassen von der Mörderzunft!«

»Nein, mein lieber Mancher. Die Geschworenen geben diesen öffentlichen Beamten nicht genügend Gelegenheit zum Vertrautsein mit dem Tod, als daß sie davon ganz unbewegt blieben.«

Der junge Harper, der sich vom Seitentisch eine frische Zigarre geholt hatte, nahm seinen Platz wieder ein.

»Welche Umstände betrachtest du als dazu angetan, daß jeder vom Weib Geborene sich seines Anteils an dieser allgemeinen Schwäche in dieser Hinsicht unerträglich bewußt würde?« fragte er ziemlich schwülstig.

»Nun, ich würde sagen: wenn ein Mensch die ganze Nacht mit einem Leichnam eingesperrt ist – allein, in einem dunklen Raum, in einem leeren Haus, ohne eine Decke, die er sich über den Kopf ziehen kann, und das überlebt, ohne völlig verrückt zu werden – dann darf er sich mit Recht brüsten, nicht ›vom Weib geboren‹ – ja, nicht einmal wie Macduff das Produkt eines Kaiserschnitts zu sein.«

»Ich dachte, du würdest mit der Aufzählung der Bedingungen überhaupt kein Ende finden«, sagte Harper; »aber ich kenne einen Mann, der weder Mediziner noch Soldat ist und sie alle akzeptieren würde – für jeden Einsatz, um den du wetten wolltest.«

»Und wer ist das?«

»Er heißt Jarette – er ist hier fremd, er kommt aus meiner Stadt im Staat New York. Ich habe kein Geld, das ich auf ihn setzen könnte, aber er würde selbst Unsummen auf sich setzen.«

»Woher weißt du das?«

»Weil er lieber wettet als ißt. Und die Furcht hält er für

eine Art Hautkrankheit oder bestenfalls für eine besondere Sorte religiöser Ketzerei.«

»Wie sieht er aus?« Helberson begann sichtlich, sich für den Fall zu interessieren.

»Wie unser Freund Mancher hier – er könnte beinahe sein Zwillingsbruder sein.«

»Gut – ich nehme die Wette an«, sagte Helberson rasch.

»Ich bin euch sehr verpflichtet für das Kompliment, wirklich«, sagte Mancher schleppend; er war schläfrig geworden. »Kann ich irgendwie mittun?«

»Nicht, indem du gegen mich wettest«, sagte Helberson. »Ich will kein Geld von *dir*.«

»Auch gut«, sagte Mancher. »Dann spiele ich die Leiche.«

Die andern lachten.

Das Resultat dieser verrückten Unterhaltung kennen wir bereits.

III

Mr. Jarettes Absicht beim Auslöschen des mageren Kerzenstümpfchens war, es für einen unvorhergesehenen Zwischenfall aufzubewahren. Vielleicht dachte er, wenigstens in seinem Unterbewußtsein, daß die sofortige Dunkelheit nicht schlimmer sei als die später einsetzende – und daß es besser sei, falls die Lage unerträglich würde, eine Möglichkeit zur Erleichterung, vielleicht sogar zur Befreiung von ihrem Druck zur Hand zu haben. Jedenfalls war es weise, eine kleine Lichtreserve zu besitzen, und sei es nur, um gelegentlich nach der Uhr sehen zu können.

Kaum hatte er die Kerze gelöscht und den Leuchter neben sich auf den Boden gestellt, machte er sich's in seinem Armsessel bequem, lehnte sich zurück und schloß die Augen in der Erwartung und Hoffnung, bald einzuschlafen. Hierin sollte er enttäuscht werden: nie in seinem Leben war er weniger schläfrig gewesen, und in einigen Minuten gab er den Versuch auf. Aber was konnte er tun? Er konnte nicht in der absoluten Dunkelheit umhertasten, auf die Gefahr hin, an etwas anzustoßen, und auf die Gefahr hin, gegen den Tisch zu poltern und so die Ruhe eines Toten gröblich zu verletzen. Wir alle erkennen ihnen das Recht zu, ungestört zu ruhen, vor jeder Heftigkeit und Rauheit geschützt. Es gelang Jarette beinahe, sich selbst weiszumachen, daß ihn Betrachtungen dieser Art von dem Risiko eines Anstoßes abhielten und an seinen Stuhl fesselten.

Während er noch darüber nachdachte, meinte er aus der Richtung des Tisches ein mattes Geräusch zu hören – welcher Art, hätte er kaum erklären können. Er wandte den Kopf nicht. Warum sollte er es tun – im Dunkeln? Aber er horchte. Und warum sollte er nicht horchen? Er horchte so angestrengt, daß ihm ganz schwindlig wurde und er nach den Armlehnen griff, um sich festzuhalten. In seinen Ohren war ein seltsames Klingeln; der Kopf wollte ihm bersten; seine Brust war bedrückt durch seine nicht abgelegte Kleidung. Er fragte sich, warum es so war – waren dies etwa die Symptome der Angst? Dann schien durch ein unwillkürliches langes, heftiges Ausatmen seine Brust einzufallen, und mit dem tiefen Atemzug, durch den er seine Lungen wieder füllte, hörte das Schwindelgefühl auf, und er merkte, daß er beim angestrengten Horchen den Atem fast bis zur Erstickung angehalten hatte! Diese Entdeckung war ärgerlich. Er erhob sich, schob mit dem Fuß den Sessel beiseite und schritt bis zur Mitte des Raums; aber im Dunkeln schreitet man nicht weit. Er fing an zu tasten, fand die Wand und folgte ihrem Winkel, machte kehrt und ging an den beiden Fenstern entlang zur nächsten Ecke, stieß aber dabei an das Lesepult und warf es um. Das laute Gepolter erschreckte ihn. Er wurde gereizt. »Wie zum Teufel konnte ich vergessen, wo ich bin?« murmelte er und tastete sich nun längs der dritten Wand zu dem Kamin. »Ich muß alles wieder an Ort und Stelle bringen«, sagte er und fühlte mit dem Fuß nach dem Leuchter.

Als er ihn gefunden hatte, zündete er die Kerze an und wendete den Blick sofort zum Tisch, wo sich natürlich nichts verändert hatte. Das Lesepult lag unbeachtet auf dem Boden – er hatte vergessen, es wieder ›an Ort und Stelle‹ zu bringen. Er sah sich überall im Zimmer um, verscheuchte die tieferen Schatten durch die Bewegungen der Kerze in seiner Hand; er kreuzte hinüber zur Tür und probierte sie aus, indem er aus Leibeskräften an dem Knopf drehte und zog; er rührte sich nicht, und das schien ihm eine gewisse Befriedigung zu gewähren. Ja, er sicherte sie noch fester durch einen Riegel an der Innenseite, den er vorher nicht bemerkt hatte. Zu seinem Stuhl zurückkehrend, sah er nach seiner Uhr: es war halb zehn. Erschrocken fuhr er hoch und hielt die Uhr an sein Ohr – sie war nicht stehengeblieben! Die Kerze war jetzt sichtlich kürzer. Er löschte sie wieder aus und stellte sie wie zuvor neben sich auf den Fußboden.

Mr. Jarette fühlte sich keineswegs behaglich; seine Umgebung mißfiel ihm ganz entschieden, und er ärgerte sich über sich selbst, weil er sie so empfand. »Was habe ich zu fürchten?« dachte er. »Dies ist einfach lächerlich – und beschämend. Ich darf doch nicht so ein Narr sein!« Aber der Mut kommt nicht dadurch, daß man sagt: ich will mutig sein; auch nicht durch die Erkenntnis, wie angebracht er bei einer Gelegenheit wäre. Je mehr Jarette sich tadelte, um so mehr Anlaß gab er sich selbst zum Tadel; je öfter er das einfache Thema von der Harmlosigkeit der Toten variierte, um so unerträglicher wurde der Zwiespalt seiner Empfindungen. »Was!« rief er laut in seiner Seelenangst, »was denn! Sollte ich, der keine Spur von Aberglauben in seinem Herzen hat, ich, der nicht einmal an die Unsterblichkeit glaubt, ich, der doch weiß – und es nie deutlicher wußte als jetzt –, daß ein Leben nach dem Tode nichts als ein Traum ist, ein Wunsch – sollte ich mit einem Schlage meine Wette, meine Ehre und

meine Selbstachtung, ja vielleicht sogar meinen Verstand verlieren durch die Schuld irgendwelcher halbwilder Vorfahren, die in Höhlen und Erdlöchern die absurde Idee ausheckten, daß die Toten bei Nacht wandeln? Daß ...« –
Deutlich, unmißverständlich vernahm Mr. Jarette hinter sich das leichte, weiche Geräusch von Schritten, das planvoll, regelmäßig, langsam näher zu kommen schien.

IV

Kurz vor Tagesanbruch fuhren am nächsten Morgen Dr. Helberson und sein junger Freund Harper langsam im Coupé des Arztes durch die Straßen von North Beach.
»Nun? Hast du noch immer dein jugendliches Zutrauen zu dem Mut und der Standhaftigkeit deines Freundes?« fragte der Ältere. »Glaubst du, daß ich meine Wette verloren habe?«
»Ich *weiß*, daß du sie verloren hast!« sagte der andere mit entmutigendem Nachdruck.
»Nun, bei meiner Seele – ich hoffe es!«
Er sprach ernst, beinahe feierlich. Dann schwiegen sie ein paar Minuten.
»Harper«, nahm der Arzt das Gespräch wieder auf – er sah sehr besorgt aus in dem wechselnden Halblicht, das in den Wagen drang, wenn sie an den Laternen vorbeikamen – »mir ist bei dieser Geschichte äußerst unbehaglich zumute. Hätte dein Freund mich nicht durch die verächtliche Art gereizt, wie er meinen Zweifel an seiner Standhaftigkeit (eine rein physische Eigenschaft) abtat, und durch die kalte Unverschämtheit seines Vorschlages, daß die Leiche die eines Arztes sein müsse ... dann hätte ich mich nie darauf eingelassen. Wenn irgend etwas passiert, sind wir erledigt – und ich fürchte, wir haben es nicht besser verdient!«
»Was kann schon passieren? Selbst wenn die Angelegen-

heit eine ernste Wendung nehmen sollte, was ich keineswegs fürchte, so braucht mancher doch nur ›wieder zum Leben zu erwachen‹ und alles zu erklären. Mit einem echten ›Objekt‹ aus unserm Seziersaal oder einem deiner kürzlich verstorbenen Patienten wäre es freilich anders.«

Also hatte Dr. Mancher Wort gehalten. Er war die ›Leiche‹ gewesen.

Dr. Helberson schwieg lange, während der Wagen im Schneckentempo dieselbe Straße entlangkroch, die er schon mehrmals passiert hatte. Dann sagte er: »Nun ja – wir wollen hoffen, daß Mancher, wenn er schon von den Toten auferstehen mußte, es verständig und vorsichtig getan hat. Wenn er dabei einen Fehler gemacht hat, so dürfte alles schlimmer statt besser geworden sein.«

»Ja«, sagte Harper, »Jarette würde ihn umbringen. Aber Doktor« – er sah auf die Uhr, als sie an einer Laterne vorbeifuhren – »endlich ist es fast vier Uhr!«

Ein paar Sekunden später waren die beiden ausgestiegen und gingen rasch auf das dem Arzt gehörende, lange Zeit unbewohnte Haus zu, in dem sie Mr. Jarette, den Bedingungen ihrer verrückten Wette entsprechend, eingesperrt hatten. Als sie näher kamen, begegnete ihnen ein rennender Mann, der, als er sie erblickte, plötzlich sein Tempo verringerte und rief: »Können Sie mir sagen, wo ich einen Arzt finden kann?«

»Was gibt's denn?« fragte Dr. Helberson, der sich nicht verraten wollte.

»Gehen Sie hin und sehen Sie selbst nach«, antwortete der Mann und lief weiter.

Nun eilten sie vorwärts, und als sie bei dem Haus ankamen, sahen sie mehrere Personen rasch und aufgeregt hineingehen. In einigen benachbarten und gegenüberliegenden Wohnungen wurden die Fenster aufgerissen, und ein paar Leute streckten die Köpfe hinaus. Alle fragten etwas, und keiner beachtete die Frage des anderen. Einige Fenster waren noch hinter den vorgezogenen Vorhängen erleuchtet – offenbar kleideten sich die Bewohner an, um hinunterzukommen. Genau gegenüber von dem gesuchten Haus warf eine Straßenlaterne ihr gelbes, unzulängliches Licht auf die Szene – es war, als wolle sie sagen, sie könne viel mehr verraten, wenn sie nur wollte. Harper blieb an der Tür stehen und legte seinem Gefährten die Hand auf den Arm. »Doktor, wir sind erledigt«, sagte er in heftiger Erregung, die in scharfem Gegensatz zu seinen saloppen Worten stand, »das Blättchen hat sich gegen uns gewendet. Laß uns nicht hineingehen. Ich bin dafür, wir verdrücken uns schleunigst!«

»Ich bin Arzt«, sagte Dr. Helberson ruhig. »Vielleicht wird ein Arzt gebraucht.«

Sie stiegen die Stufen hinauf und wollten eintreten. Die Tür stand offen; die Laterne gegenüber warf ihr Licht in den Gang. Er war voller Menschen. Einige waren die Treppe am andern Ende hinaufgegangen und standen nun, als sie nicht eingelassen wurden, und warteten auf eine günstige Gelegenheit. Alle sprachen, keiner hörte zu. Plötzlich entstand auf dem oberen Treppenabsatz ein großer Tumult; ein Mann war aus einer Tür herausgestürmt und riß sich von denen los, die ihn zurückhalten wollten. Er drängte sich durch die Menge erschrockener Gaffer die Treppe herunter – er stieß sie beiseite, drückte sie gegen die Wand oder gegen das Geländer auf der anderen Seite, packte sie an der Kehle, schlug wild auf sie ein, warf sie die Treppe hinunter und stieg über die Gefallenen hinweg. Seine Kleider waren unordentlich, er trug keinen Hut. In seinen wilden, gehetzten Augen stand etwas, was noch schrecklicher schien als seine übernatürlichen Kräfte. Sein glattrasiertes Gesicht war blutlos, sein Haar schneeweiß.

Als die Menge am Fuß der Treppe, wo sie mehr Raum hatte, zurückwich, um ihn vorbeizulassen, sprang Harper vor. »Jarette! Jarette!« rief er.

Dr. Helberson packte Harper am Kragen und zog ihn

zurück. Der Mann blickte ihnen ins Gesicht, anscheinend ohne sie zu sehen, und raste durch die Tür, die Stufen hinab, die Straße entlang, und war verschwunden. Ein dicker Polizist, der sich mit geringem Erfolg die Treppe hinabarbeitete, folgte ihm etwas später und nahm die Verfolgung auf. Die Leute in den Fenstern schrien ihm zu, welche Richtung er einschlagen sollte.

Jetzt war die Treppe teilweise frei, denn die meisten Gaffer waren auf die Straße geeilt, um die Flucht und Verfolgung anzusehen; Dr. Helberson stieg die Treppe hinauf, Harper hinter ihm. An der Tür der oberen Etage verweigerte ihnen ein Polizist den Zutritt. »Wir sind Ärzte«, sagte Helberson, und der Beamte ließ sie passieren. Der Raum war im matten Licht voller Menschen, die sich um einen Tisch drängten. Die eben Angekommenen bahnten sich einen Weg nach vorn und blickten den noch vor ihnen Stehenden über die Schultern. Auf dem Tisch lag, die untere Hälfte mit einem Laken zugedeckt, der Körper eines Mannes, vom Strahl einer Lampe, die ein Polizist zu Füßen des Toten hielt, grell beleuchtet. Die Zuschauer standen – bis auf die am Kopfende – alle im Dunkeln. Das Gesicht des

Toten sah schrecklich aus, gelb, abstoßend. Die Augen waren halb offen und nach oben verdreht, das Kinn war herabgefallen; Spuren von Schaum beschmutzten die Lippen, das Kinn, die Wangen. Ein großer Mann, offenbar ein Arzt, beugte sich über die Leiche; er hatte die Hand unter das Hemd des Toten geschoben. Als er sie zurückzog, steckte er zwei Finger in den offenen Mund der Leiche. »Dieser Mann ist seit etwa sechs Stunden tot«, sagte er dann. »Ein Fall für den Leichenbeschauer.« Er holte eine Karte aus seiner Tasche, gab sie einem Beamten und ging zur Tür.

»Das Zimmer freimachen – alle hinaus!« sagte der Beamte scharf, und die Leiche verschwand, als sei sie weggezaubert, als er mit dem Licht seiner Lampe da und dort in die Gesichter der Zuschauer leuchtete. Die Wirkung war erstaunlich! Die Leute machten geblendet und erschrocken einen Sturm auf die Tür, sie stießen und drängten sich und stolperten bei ihrer Flucht übereinander wie die Geister der Nacht vor den Lichtstrahlen des Apoll. Der Beamte ließ das grelle Licht unbarmherzig und unaufhörlich über die stampfende, kämpfende Menge hingleiten. In der Masse gefangen, wurden Helberson und Harper aus dem Zimmer gefegt und landeten Hals über Kopf auf der Straße.

»Guter Gott, Doktor! Hab ich dir nicht gesagt, daß Jarette ihn umbringen wird?« sagte Harper, als sie aus dem Menschenwirbel heraus waren.

»Ich glaube, ja«, erwiderte der andere ohne sichtbare Erregung.

Schweigend gingen sie um die Blocks. Die Häuser der Hügelbewohner hoben sich in scharfen Silhouetten vom grauenden östlichen Himmel ab. Der vertraute Milchwagen holperte durch die Straße; bald mußten die Bäckerjungen erscheinen; die Zeitungsausträger waren schon unterwegs.

»Bürschchen, mir scheint, wir haben bereits zuviel Morgenluft genossen«, sagte Helberson. »Sie ist ungesund; wir brauchen eine Luftveränderung. Was meinst du zu einer Tour nach Europa?«

»Wann?«

»Es eilt nicht besonders ... ich würde annehmen, daß heute nachmittag vier Uhr früh genug ist.«

»Gut – ich treffe dich am Schiff«, antwortete Harper.

V

Sieben Jahre später saßen diese beiden Männer auf einer Bank am Madison Square in New York in vertraulichem Gespräch. Ein dritter, der sie, selbst unbeobachtet, schon einige Zeit gemustert hatte, näherte sich ihnen, hob höflich den Hut von seinen schneeweißen Locken und sagte: »Ich bitte um Verzeihung, meine Herren – aber wenn Sie einen Menschen durch Ihre Auferstehung getötet haben, tun Sie gut daran, die Kleider mit ihm zu tauschen und bei der ersten Gelegenheit einen Ausbruch in die Freiheit zu versuchen.«

Helberson und Harper tauschten einen vielsagenden Blick – sie waren merklich belustigt. Helberson sah dem Fremden freundlich in die Augen und sagte:

»Das habe ich immer geplant. Ich stimme vollkommen mit Ihnen überein: es ist bestimmt günstig –«

Er hielt plötzlich inne, erhob sich und erbleichte. Er starrte den Mann mit offenem Munde an und zitterte sichtlich.

»Ach!« sagte der Fremde, »ich sehe, Sie fühlen sich nicht wohl, Dr. Helberson! Wenn Sie sich nicht selbst behandeln können, wird Dr. Harper doch sicher etwas für Sie tun.«

»Wer zum Teufel sind Sie?« fragte Harper grob.

Der Fremde trat zu ihnen, beugte sich vor und flüsterte: »Ich nenne mich manchmal Jarette – aber aus alter Freundschaft will ich Ihnen verraten, daß ich Mancher bin – Dr. William Mancher.«

Bei dieser Enthüllung sprang Harper auf. »Mancher!« rief er.

Helberson fügte hinzu: »Bei Gott – es ist wahr!«

»Ja«, sagte der Fremde, unbestimmt lächelnd, »freilich ist es wahr – zweifellos!«

Er zögerte und schien sich auf etwas besinnen zu wollen, begann dann aber einen Schlager zu summen. Offenbar hatte er ihre Gegenwart vergessen.

»Mancher, hör zu«, sagte Helberson, »du mußt uns erzählen, was in jener Nacht geschehen ist – mit Jarette, weißt du.«

»Ach ja, mit Jarette«, sagte der andere. »Komisch, daß ich's euch nicht gleich gesagt habe – ich erzähle es nämlich so oft. Nun ja, ich wußte, als ich ihn laut mit sich selbst reden hörte, daß er fürchterliche Angst hatte. Und da konnte ich der Versuchung nicht widerstehen – wirklich, ich konnte nicht! –, lebendig zu werden und mir mein Späßchen mit ihm zu machen. Es war auch nichts dabei – natürlich ahnte ich nicht, daß er's so ernst nehmen würde. Nein, wirklich, ich ahnte es nicht. Und nachher – nun ja, es war eine scheußliche Sache, den Platz mit ihm zu vertauschen ... und dann – der Teufel soll euch holen, dann wolltet ihr mich nicht hinauslassen!«

Die Wut, mit der er die letzten Worte ausstieß, war unbeschreiblich. Erschrocken wichen die beiden andern zurück.

»Wir? Ja, aber –«, stammelte Helberson, völlig die Fassung verlierend. »Wir hatten doch nichts damit zu tun!«

»Habt ihr nicht gesagt, daß ihr Hellbom und Sharper seid?« fragte der Fremde lachend. »Die beiden Ärzte?«

»Mein Name ist Helberson, ja; und dieser andere Herr ist Mr. Harper.« Das Gelächter hatte ihn ein wenig beruhigt. »Aber jetzt sind wir keine Ärzte; wir sind – hol's der Teufel, alter Freund – nun ja, wir sind Spieler.«

Er sprach die Wahrheit!

»Ein prächtiger Beruf – prächtig, in der Tat! Ich hoffe,

unser Sharper hier hat Jarettes Einsatz als ehrlicher Makler ausgezahlt! Ja, ein guter, ehrenwerter Beruf«, wiederholte er nachdenklich und ging lässig weiter. »Aber ich bin beim alten geblieben. Ich bin Obermedizinalrat, der höchste Beamte im Bloomingdale-Irrenhaus. Es ist meine Aufgabe, den Direktor dort zu kurieren.«

Eine unzulängliche Feuersbrunst

Früh an einem Junimorgen des Jahres 1872 ermordete ich meinen Vater – es war eine Tat, die mich zu jener Zeit aufs tiefste beeindruckte. Das geschah alles vor meiner Heirat, als ich noch mit meinen Eltern zusammen im Staate Wisconsin lebte. Mein Vater und ich waren gerade in der Bibliothek des Hauses, wo wir uns die Beute eines Einbruches teilten, den wir in der Nacht gemeinsam ausgeführt hatten. Die gerechte Aufteilung der Beute war schwierig, weil es sich meistens um Haushaltsgegenstände handelte. Bei den Servietten, Handtüchern und ähnlichen Dingen ging alles glatt, und vom Tafelsilber bekam jeder fast genau die Hälfte, aber Sie können selbst die Erfahrung machen: wenn Sie versuchen, eine einzelne Spieldose unter zwei aufzuteilen, gibt es Streit. Es war diese Spieldose, die Unglück und Schande über unsere Familie brachte. Wenn wir sie hätten stehenlassen, könnte mein Vater noch jetzt unter den Lebenden sein.

Sie war ein besonders vortreffliches und schönes Stück von handwerklicher Meisterschaft – mit Intarsien und feinstem Schnitzwerk geschmückt. Nicht nur spielte sie eine Vielzahl von Melodien, sondern pfiff auch wie eine Wachtel, bellte wie ein Hund, krähte jeden Morgen bei Tagesanbruch – ob sie aufgezogen war oder nicht – und ließ die Zehn Gebote ertönen. Besonders diese letzte Fertigkeit hatte das Herz meines Vaters gewonnen und ihn dazu gebracht, die einzige unehrenhafte Tat seines Lebens zu begehen, obwohl ihr vielleicht noch weitere gefolgt wären, wenn er länger gelebt hätte: er versuchte nämlich, diese Spieldose vor mir zu verheimlichen und schwor bei seiner Ehre, daß er sie nicht mitgenommen habe, obgleich ich sehr gut wußte, daß, soweit es ihn betraf, der Einbruch hauptsächlich unternommen worden war, um in ihren Besitz zu gelangen.

Mein Vater hatte die Spieldose unter seinem Mantel versteckt; wir hatten Mäntel getragen, um uns unkenntlich zu machen. Er hatte mir feierlich versichert, daß er die Dose nicht mitgenommen habe. Ich wußte aber, daß er sie hatte, und wußte auch etwas, das ihm offenbar nicht bekannt war: nämlich, daß die Dose bei Tagesanbruch krähen und ihn verraten würde, wenn es mir gelänge, die Aufteilung der Beute bis zu diesem Zeitpunkt hinauszuzögern. Alles kam, wie ich es mir wünschte: als das Gaslicht in der Bibliothek zu verblassen begann und hinter den Vorhängen sich die Umrisse der Fenster schwach abzeichneten, tönte unter dem Mantel des alten Herrn ein langes ›Kikeriki!‹ hervor; ihm folgten einige Takte aus einer ›Tannhäuser‹-Arie, die mit einem lauten Klick abbrach. Ein kleines Beil, das wir benutzt hatten, um in das Unglückshaus einzubrechen, lag zwischen uns auf dem Tisch. »Zerhacke sie in zwei Teile, wenn dir das besser gefällt«, sagte er; »ich habe nur versucht, sie vor der Zerstörung zu retten.«

Er war ein leidenschaftlicher Musikliebhaber und spielte selbst sehr ausdrucksvoll und mit viel Gefühl Ziehharmonika.

Ich erwiderte: »Ich zweifle keineswegs an der Lauterkeit deiner Motive: es schiene mir vermessen, über meinen Vater zu Gericht sitzen zu wollen. Aber Geschäft ist Geschäft, und ich werde mit diesem Beil unsere Partnerschaft beenden, es sei denn, du bist einverstanden, bei allen zukünftigen Einbrüchen eine Schellenkappe zu tragen.«

»Nein«, antwortete er, nachdem er ein wenig überlegt hatte, »nein, das kann ich nicht tun; das würde wie ein Eingeständnis der Unehrenhaftigkeit aussehen. Die Leute würden erzählen, daß du mir mißtraust.«

Ich konnte nicht umhin, seinen Geist und seine Feinfühligkeit zu bewundern; einen Augenblick lang war ich stolz auf ihn und geneigt, über seinen Fehler hinwegzusehen, aber bei einem Blick auf die reichlich mit Juwelen besetzte

Spieldose entschied ich mich und beseitigte, wie gesagt, den alten Herrn aus diesem Jammertal. Nach der Tat fühlte ich mich ein wenig unbehaglich. Nicht nur, daß er mein Vater war – dem ich mein Leben verdankte –, sondern ganz sicher würde auch sein Leichnam entdeckt werden. Es war jetzt schon taghell, und meine Mutter würde wahrscheinlich jeden Augenblick in die Bibliothek kommen. Unter diesen Umständen hielt ich es für ratsam, sie desgleichen zu beseitigen, was ich auch tat. Dann zahlte ich alle Bediensteten aus und entließ sie.

Am Nachmittag jenes Tages ging ich zum Reviervorsteher der Polizei, erzählte ihm, was ich getan hatte, und bat ihn um Rat. Es würde sehr peinlich für mich sein, wenn der Sachverhalt öffentlich bekannt wurde. Meine Tat würde allgemein verurteilt werden; die Zeitungen würden es mir entgegenschreien, wenn ich jemals ins Geschäft ginge. Dem Vorsteher leuchteten diese Überlegungen ein; er war selbst ein Mörder mit viel Erfahrung. Nachdem er mit dem obersten Richter beim Gericht für verschiedene Gerichtsbarkeit gesprochen hatte, riet er mir, die Leichen in einem der Bücherschränke zu verstecken, eine große Versicherung für das Haus abzuschließen und es dann in Brand zu stecken. Das tat ich dann auch.

In der Bibliothek stand ein Bücherschrank, den mein Vater kürzlich von einem schrulligen Erfinder gekauft hatte. Er ähnelte in Gestalt und Größe einer altmodischen Art Kleiderschränke, die es in Schlafzimmern ohne Wandschränke gibt; nur ließ er sich bis ganz hinunter öffnen wie ein Damennachthemd. Seine Türen waren aus Glas. Zuvor hatte ich meine Eltern auf den Boden gelegt, so daß sie jetzt steif genug waren, um aufrecht hingestellt werden zu können; so stellte ich sie in den Bücherschrank, aus dem ich die Bretter entfernt hatte. Ich schloß sie ein und zweckte Vorhänge an, so daß die Glastüren verdeckt waren. Der Inspektor der Versicherungsgesellschaft ging wenigstens ein

halbes dutzendmal am Schrank vorüber, ohne Verdacht zu schöpfen.

In dieser Nacht setzte ich das Haus in Brand, nachdem ich die Versicherungspolice ausgehändigt bekommen hatte; dann rannte ich durch den Wald in die zwei Meilen entfernte Stadt, wo ich mich blicken ließ, als die Aufregung gerade auf dem Höhepunkt war. Vor Sorge um das ungewisse Schicksal meiner Eltern schreiend, schloß ich mich der zu Hilfe eilenden Menge an und traf ungefähr zwei Stunden, nachdem ich das Feuer gelegt hatte, am Brandort ein. Die ganze Stadt war bereits versammelt, als ich heranjagte. Das Haus war schon völlig zerstört, in der glühenden Asche zu ebener Erde, aufrecht und unversehrt, stand nur der Bücherschrank! Die Vorhänge waren heruntergebrannt und ließen die Glastüren sichtbar werden, durch die hindurch der grausige rote Schein das Innere erleuchtete. Dort stand mein lieber Vater ›wie lebendig‹, und ihm zur Seite die Gefährtin seiner Freuden und Leiden. Nicht ein Haar war ihnen versengt, die Kleidung hatte nicht gelitten. An ihren Köpfen und Kehlen waren die Verletzungen, die ich ihnen in Ausführung meiner Pläne gezwungenermaßen hatte beibringen müssen, deutlich erkennbar. Aber wie durch ein Wunder schwiegen die Leute; Furcht und Schrecken hatten sie verstummen lassen. Auch ich war zutiefst gerührt.

Etwa drei Jahre später, als die hier erwähnten Ereignisse in meiner Erinnerung fast verblaßt waren, fuhr ich nach New York, um bei der Weitergabe einiger gefälschter Obligationen der Vereinigten Staaten behilflich zu sein. Als ich eines Tages unbekümmert in ein Möbelgeschäft hineinblickte, sah ich das genaue Gegenstück jenes Bücherschranks. »Ich habe ihn billig von einem Erfinder gekauft, der Reformmöbel entwirft«, erklärte der Händler. »Der Mann hat versichert, daß der Schrank feuerfest sei, die Poren des Holzes seien unter hydraulischem Druck mit Alaun abgedichtet und an Stelle des Glases sei Asbest verwendet worden. Aber ich glaube nicht, daß er wirklich feuerfest ist – ich lasse Ihnen den Schrank zum normalen Preis ohne Sonderaufschlag.«

»Nein«, antwortete ich, »wenn Sie nicht garantieren können, daß er feuerfest ist, nehme ich ihn nicht« – und verließ das Geschäft mit einem »Guten Morgen«.

Ich wollte den Schrank um keinen Preis haben: er weckte in mir Erinnerungen, die äußerst peinlich waren.

Die Augen des Panthers

I
Man heiratet nicht immer, wenn man geisteskrank ist

Ein Mann und eine Frau – das Leben hatte sie zusammengeführt – saßen am Spätnachmittag auf einer Bank, wie man sie auf dem Lande findet. Der Mann war mittleren Alters, schlank, dunkelhäutig, er hatte die Züge eines Dichters und sah wie ein Pirat aus, ein Mann also, den man so leicht nicht vergaß. Die Frau war jung, blond und anmutig; irgend etwas in ihrer Gestalt und ihren Bewegungen machte den Eindruck von Geschmeidigkeit. Sie trug ein graues Kleid mit einzelnen eingewebten braunen Mustern. Vielleicht war sie schön; man konnte das nicht so ohne weiteres sagen, denn ihre Augen weigerten sich, irgend etwas längere Zeit anzusehen. Sie waren von graugrüner Färbung, ihre Form war lang und schmal, und sie reizten, ihr Geheimnis näher zu ergründen. Das einzige, was man feststellen konnte, war, daß sie einen beunruhigten. Kleopatra mag vielleicht solche Augen gehabt haben.

Der Mann und die Frau unterhielten sich.

»Ja«, sagte die Frau, »ich liebe dich, bei Gott! Aber heiraten, nein. Ich kann nicht und will nicht.«

»Irene, das hast du so oft gesagt, doch nie hast du mir einen Grund angegeben. Ich habe ein Recht, alles zu wissen, zu verstehen, nachzuempfinden und meine innere Stärke zu beweisen, wenn ich sie wirklich habe. Nenne mir einen Grund.«

»Für meine Liebe?« Die Frau lächelte mit tränenfeuchtem, blassem Gesicht. Nichts von einem Sinn für Humor war bei dem Mann zu spüren.

»Nein; es gibt keinen Grund, mich nicht heiraten zu wollen. Ich habe ein Recht, alles zu wissen. Ich muß es wissen. Ich will es wissen!«

Er hatte sich erhoben und stand händeringend vor ihr und runzelte die Stirn; man kann schon sagen, daß er ihr einen finsteren Blick zuwarf. Er sah aus, als wolle er sie würgen, um die Wahrheit von ihr zu erfahren. Sie lächelte nicht mehr, sondern saß nur noch da und sah ihm ins Gesicht mit einem starren, unerschütterlichen Blick, der weder eine Empfindung noch ein Gefühl ausdrückte. Und doch lag in diesem Blick etwas, das seinen Groll besänftigte und ihn zum Zittern brachte.

»Du bestehst darauf, den Grund zu erfahren?« fragte sie in ganz mechanischem Ton – einem Ton, in dem sich vielleicht ihr Gesichtsausdruck in Laute verwandelt hatte.

»Ich meine, wenn es dir nichts ausmacht – wenn es nicht zu viel ist, was ich fordere.«

Offenbar verzichtete jetzt dieser eine unter den Herren der Schöpfung auf einen Teil seines Herrschaftsanspruches über eins seiner Mitgeschöpfe.

»Nun gut, du sollst es wissen: ich bin geisteskrank.«

Der Mann zuckte zusammen, sah sie dann ungläubig an und war überzeugt, daß die Bemerkung nur Spaß sein sollte. Aber wieder fehlte ihm in diesem Augenblick der Sinn für Humor, und er war trotz seinem Unglauben tief beunruhigt von dem, was er nicht für wahr hielt. Die Übereinstimmung zwischen unseren Überzeugungen und unseren Gefühlen ist nicht allzugroß.

»So würde der Befund der Ärzte lauten«, fuhr die Frau fort, »wenn sie eine Diagnose zu stellen hätten. Ich selbst möchte es eher als einen Fall von ›Besessenheit‹ bezeichnen. Setz dich und höre, was ich zu sagen habe.«

Der Mann nahm schweigend wieder seinen Platz neben ihr auf der Bank am Wegesrand ein. Ihnen gegenüber, auf der östlichen Talseite, glühten die Hügel schon in den Strahlen der untergehenden Sonne, und ringsum herrschte jene eigentümliche Stille, die jeweils der Dämmerung vorausgeht. Etwas von der rätselhaften, bedeutungsgeladenen

Feierlichkeit hatte sich auch der Stimmung des Mannes mitgeteilt. In der seelischen und körperlichen Welt gehören Zeichen und Vorahnungen dem Reich der Nacht an. Schweigend hörte Jenner Brading der Geschichte zu, die Irene Marlowe ihm erzählte; er mied währenddessen ihren Blick, und wenn er sie doch einmal ansah, dann überfiel ihn trotz der katzenhaften Schönheit der Augen ein unerklärlicher Schrecken. Mit Rücksicht auf die Abneigung des Lesers gegen die unkünstlerische Berichterstattung einer in diesen Dingen Unerfahrenen wagt es der Verfasser, seine eigene Fassung vorzutragen.

II
Ein Raum ist vielleicht zu klein für drei,
auch wenn einer draußen bleibt

In einem kleinen Blockhaus mit nur einem Raum, der spärlich und behelfsmäßig möbliert war, kroch über den Boden eine Frau zur Wand hin und hielt dabei, fest an ihre Brust gepreßt, ein Kind. Draußen erstreckte sich meilenweit nach allen Himmelsrichtungen ein unabsehbarer Wald. Es war Nacht, und der Raum war pechschwarz: kein menschliches Auge hätte die Frau und das Kind wahrnehmen können. Und doch wurde sie genauestens und aufmerksam beobachtet mit einer Wachsamkeit, die nie erlahmte; und das ist auch der eigentliche Kern dieser Erzählung.

Charles Marlowe war einer jener Holzfäller der Pionierzeit, die jetzt in diesem Lande ausgestorben sind: Männer, die eine Umgebung, die zu ihnen paßt, nur in der Einsamkeit der Wälder fanden, an den Osthängen des Mississippi-Tales: von den Großen Seen etwa bis zum Golf von Mexiko. Ein Jahrhundert lang stießen diese Männer, mit Axt und Gewehr, immer weiter westwärts vor – eine Generation nach der anderen – und entrissen der Natur und deren wilden Kindern hier und dort ein einzelnes Stück Land zum Pflügen, das so lange ihnen gehörte, bis sie es an ihre weniger kühnen, aber sparsameren Nachfolger übergaben. Schließlich durchbrachen sie den Waldrand und verschwanden in der Ebene, als wären sie über eine Klippe abgestürzt. Den Holzfäller der Pionierzeit gibt es nicht mehr; der Pionier der Ebene, dessen leichte Aufgabe darin bestand, innerhalb einer einzigen Generation zwei Drittel des Landes in Besitz zu nehmen, war ein anderer, weniger bedeutender Typ. Charles Marlowe hatte Frau und Kind in die Wildnis mitgenommen; sie teilten mit ihm die Gefahren, Härten und Entbehrungen jenes ungewohnten, kärglichen Lebens, und er war beiden innig zugetan wie alle Holzfäller ihren Familien, denn das Familienleben war für sie eine Art Religion. Die Frau besaß noch die Anmut der Jugend, und die schreckliche Abgeschlossenheit hatte sie auch noch nicht so weit abgestumpft, daß ihr der Frohsinn verlorengegangen wäre. Obwohl die einfachen Freuden des Waldlebens das große Glück nicht aufwiegen konnten, hatte der Himmel sie doch nicht benachteiligt. Die leichten Aufgaben im Haushalt, das Kind, der Mann und ihre wenigen, albernen Bücher boten ihr Abwechslung genug.

Eines Morgens im Hochsommer nahm Marlowe sein Gewehr von einem der Holzhaken an der Wand und erklärte, er wolle auf die Jagd gehen.

»Wir haben noch Fleisch genug«, wandte die Frau ein; »bitte, bleib heute hier. Ich habe letzte Nacht einen so entsetzlichen Traum gehabt! Ich kann mich an nichts mehr erinnern, aber ich weiß ganz bestimmt, daß etwas passiert, wenn du fortgehst.«

Es ist schmerzlich, zugeben zu müssen, daß Marlowe diese feierliche Erklärung nicht mit dem Ernst aufnahm, der dem geheimnisvollen Wesen des prophezeiten Unglücks entsprochen hätte. Ja, in Wirklichkeit lachte er sogar.

»Versuche dich doch mal zu erinnern«, erwiderte er.

»Vielleicht hast du geträumt, das Baby habe seine Stimme verloren.«

Offenbar war ihm dieser Gedanke gekommen, weil in diesem Augenblick das Kind zur Unterhaltung beitrug, indem es beim Anblick der Waschbärpelzmütze des Vaters in eine Anzahl von frohlockenden Guh-Guh-Lauten ausbrach, wobei es sich mit seinen dicken zehn Fingerchen am Saum des Jagdmantels festhielt.

Die Frau gab nach: sie konnte seine freundlichen Neckereien nicht ertragen, weil auch sie keinen Spaß verstand. So verließ er das Haus mit einem Kuß für die Mutter und das Kind und schloß hinter sich für immer die Tür zu seinem Glück.

Bei Einbruch der Nacht war er noch nicht zurückgekehrt. Die Frau bereitete das Abendessen und wartete. Dann brachte sie das Kind ins Bett und sang leise, bis es einschlief. Unterdessen war das Herdfeuer, auf dem sie das Abendessen gekocht hatte, erloschen, und der Raum wurde nun nur noch von einer einzigen Kerze erleuchtet. Später stellte sie diese an das offene Fenster zur besseren Orientierung und als Willkommensgruß für den Jäger, falls er von dieser Seite ankommen sollte. Wohlüberlegt hatte sie die Tür geschlossen und verriegelt, damit keine wilden Tiere hereinkämen, die vielleicht den Eintritt durch eine Tür dem Sprung durch ein offenes Fenster vorziehen würden – die Gewohnheit der Raubtiere, auch ungebeten in ein Haus zu kommen, war ihr unbekannt, obwohl sie vielleicht mit echt weiblicher Voraussicht an die Möglichkeit eines Eindringens durch den Kamin gedacht hatte. Als es immer später wurde, wich zwar nicht die Angst von ihr, aber sie wurde schläfriger und legte schließlich ihre Arme auf das Bett des Kindes und den Kopf auf die Arme. Die Kerze brannte bis zum Halter hinunter, spritzte und flackerte einen Augenblick und ging dann unbemerkt aus; denn die Frau schlief bereits und träumte.

Im Traum saß sie an der Wiege eines zweiten Kindes. Das erste Kind war gestorben. Auch der Vater war tot. Das Blockhaus im Walde war verschwunden, und sie lebte in einer Umgebung, die sie nicht kannte. Es gab dort schwere Eichentüren, die stets verschlossen waren, und vor den Fenstern draußen hatte man schwere Eisenriegel an den dicken Steinwänden befestigt, als Vorkehrung (wie sie dachte) gegen irgendwelche Indianer. Das alles sah sie, während sie unendliches Mitleid mit sich selber empfand, doch ohne Erstaunen – ein Gefühl, das im Traume unbekannt ist. Das Kind in der Wiege war unter seiner Bettdecke nicht zu sehen, aber irgend etwas zwang sie, die Decke fortzunehmen. Sie schlug die Decke auf, und sichtbar wurde der Kopf eines wilden Tieres! Durch den Schock dieser fürchterlichen Entdeckung erwachte die Träumerin, und sie zitterte in der dunklen Hütte im Wald.

Langsam fand sie sich in ihrer gewohnten Umgebung wieder zurecht und tastete nach dem Kind, das nicht zur Traumwelt gehörte; sie spürte an seinem Atem, daß alles in Ordnung war, und mußte ihm mit der Hand leicht das Gesicht streicheln. Ein wahrscheinlich unbewußter Impuls zwang sie, sich zu erheben, das schlafende Baby auf den Arm zu nehmen und es fest an ihre Brust zu drücken. Das Kopfende der Wiege stand an der Wand, und im Stehen hatte die Frau jetzt der Wand den Rücken zugekehrt. Als sie aufblickte, wurde sie aus der Finsternis von zwei leuchtenden Punkten mit rötlich-grünlichem Schimmer angestarrt. Sie glaubte, es wären zwei Kohlen auf dem Herd, doch mit der wiederkehrenden Orientierung wuchs auch die beunruhigende Gewißheit, daß der Herd dort nicht stand; außerdem befanden sich die beiden schimmernden Punkte in zu großer Höhe, fast gleich hoch mit ihren eigenen Augen. Denn es waren auch Augen, nur die eines Panthers.

Das Raubtier stand genau dem offenen Fenster gegenüber, keine fünf Schritte entfernt. Nur die schrecklichen

Augen waren zu sehen, aber sie wußte trotz dem entsetzlichen Chaos ihrer Gefühle, als sie die Lage erkannte, daß das Tier auf seinen Hinterbeinen stand und sich mit den Vorderpfoten auf den Fenstersims stützte. Das schien ein bösartiges Interesse zu bekunden, und nicht nur die Befriedigung einer beiläufigen Neugier. Die Vorstellung von der Körperhaltung des Tieres vermehrte den Schrecken und machte das Drohende der scheußlichen Augen nur noch spürbarer; in ihrem unveränderlichen Feuer wurden die Festigkeit und der Mut der Frau verzehrt. Vor dem stillen, prüfenden Blick erschauerte sie, und ihr wurde übel. Die Knie versagten ihr, und allmählich sank sie auf den Boden –, wobei sie instinktiv jede plötzliche Bewegung zu vermeiden suchte, weil das Tier sonst nur gereizt worden wäre – kroch dann an der Wand entlang und versuchte, das Kind mit ihrem zitternden Körper zu schützen, ohne jedoch dabei ihre Blicke von den leuchtenden Augen abzuwenden, die sie töten wollten. In ihrer großen Angst dachte sie weder an ihren Mann, noch hatte sie sonst eine Hoffnung oder sah irgendeine Möglichkeit, wie sie gerettet werden oder aber entkommen könnte. Ihre Fähigkeit, zu denken und zu fühlen, war jetzt nur noch auf die *eine* Empfindung beschränkt: der Furcht vor dem Sprung der Bestie, vor der Wucht des Tierleibes, vor dem Schlag der großen Pfoten, vor den Raubtierzähnen an ihrer Kehle und vor der Zerfleischung des Kindes. Völlig regungslos jetzt und ganz still wartete sie auf ihr Schicksal, während die Augenblicke zu Stunden, zu Jahren und zu Jahrhunderten wurden; und immer noch lagen die teuflischen Augen auf der Lauer.

Spät nachts kam Charles Marlowe mit einem Hirsch über der Schulter nach Hause und versuchte, die Tür zu öffnen. Aber sie war verschlossen. Er klopfte; es kam keine Antwort. Er legte den Hirsch nieder und ging auf die andere Seite des Hauses zum Fenster. Als er um die Hausecke bog, bildete er sich ein, einen Laut wie von verstohlen fortschleichenden Schritten und ein Rascheln im Unterholz gehört zu haben; aber die Schritte waren selbst für sein geübtes Ohr zu leise, als daß er sich dafür hätte verbürgen können. Beim Fenster angekommen, fand er es zu seiner Überraschung geöffnet; er stieg über das Fensterbrett in die Hütte ein. Es herrschte völlige Dunkelheit und Stille. Er tastete sich zum Herd und zündete mit einem Streichholz eine neue Kerze an. Dann schaute er sich um. An die Wand gelehnt, hockte seine Frau am Boden und umklammerte das Kind. Als er auf sie zustürzte, erhob sie sich und brach in Gelächter aus, in ein langes, lautes mechanisches Lachen, unfroh und sinnlos, ein Lachen, das vom Klirren einer Kette nicht zu unterscheiden war. Er wußte wohl kaum, was er tat, als er ihr die Arme entgegenstreckte. Sie legte ihm das Kind darauf. Es war tot – zu Tode gedrückt in den Armen der Mutter.

III
Die Rechtfertigung

Das ist, was sich während einer Nacht in den Wäldern ereignet hatte, aber nicht alles erfuhr Jenner Brading von Irene Marlowe; denn nicht alles war ihr bewußt. Als sie mit ihrem Bericht geendet hatte, war die Sonne am Horizont untergegangen, und die lange Sommerdämmerung dunkelte in den Mulden und Senken des Landes. Einige Augenblicke lang schwieg Brading und wartete, daß der Bericht nun in einen klaren Zusammenhang mit dem ursprünglichen Gespräch gebracht würde; aber auch die Frau schwieg wie er, hielt ihr Gesicht abgewandt und faltete in ständiger Wiederholung ihre Hände im Schoß, um sie sogleich wieder auseinanderzunehmen – all das geschah aus einem Zwang zur Ruhelosigkeit, auf den ihr Wille keinen Einfluß hatte.

»Das ist eine traurige, eine entsetzliche Geschichte«, sagte Brading schließlich, »aber mir ist das alles unklar. Du nennst Charles Marlowe Vater; ich weiß, daß er vorzeitig gealtert ist, daß er an irgendeinem großen Leid zerbrach – das habe ich gesehen oder glaubte wenigstens, es gesehen zu haben. Aber, verzeih, du sagtest doch, du wärest – du seist...«

»Ich wäre geisteskrank«, fuhr die junge Frau fort, ohne den Kopf oder sich sonstwie zu bewegen.

»Aber, Irene, du sagst – bitte, Liebe, schau mich an – du sagst, das Kind war tot – aber es war doch gesund!«

»Ja, das eine – aber ich bin das zweite. Ich wurde drei Monate nach jener Nacht geboren, denn meiner Mutter wurde die Gnade zuteil, ihr Leben opfern zu dürfen, während sie mir das Leben schenkte.«

Brading schwieg wieder; er war ein wenig betäubt und wußte nicht gleich, was er sagen sollte. Sie hielt ihr Gesicht immer noch abgewandt. Vor Verlegenheit griff er impulsiv nach ihren Händen, die sie in ihrem Schoß immer noch faltete und wieder auseinandernahm, aber irgend etwas – er konnte nicht sagen, was – hielt ihn davon zurück. Dann erinnerte er sich undeutlich, daß er nie das Verlangen gespürt hatte, ihr die Hand zu halten.

»Ist es denn möglich«, begann sie wieder, »daß ein Mensch, der unter solchen Umständen geboren wurde, genauso ist wie alle anderen – gesund ist, wie du es nennst?«

Brading antwortete nicht; in seinem Kopf gewann bereits ein neuer Gedanke Umriß, den die Wissenschaftler eine Hypothese genannt hätten; ein Gedanke, der sozusagen die Funktion eines Detektivs zu erfüllen hatte – eine theoretische Erwägung. Der neue Gedanke mochte vielleicht den Zweifel an ihrer Gesundheit, der trotz ihrer Darstellung zurückgeblieben war, deutlicher hervortreten lassen, wenn auch in einem noch düstereren Licht.

Das Land war erst seit kurzem kultiviert und außerhalb der Dörfer dünn besiedelt. Der Berufsjäger war noch eine vertraute Gestalt, und unter seinen Jagdtrophäen gab es Köpfe und Felle kapitalen Wildes. Manchmal kursierten Geschichten von unterschiedlicher Glaubwürdigkeit, die von nächtlichen Begegnungen mit wilden Tieren auf einsamen Straßen berichteten und die, nachdem sie die üblichen Stadien von Ausschmückung und Kürzung durchlaufen hatten, wieder vergessen wurden. Eine erst kürzlich aufgetauchte Variante dieser volkstümlichen Apokryphen, die offenbar in verschiedenen Familien spontan entstanden war, handelte von einem Panther, der einige Angehörige aufgeschreckt hatte, als er bei ihnen nachts am Fenster erschien. Dieses Gerücht kitzelte ein wenig die Nerven und fand sogar Erwähnung in der Lokalzeitung; aber Brading hatte dem keine Aufmerksamkeit geschenkt. Die Ähnlichkeit mit der Geschichte, die er soeben gehört hatte, war vielleicht mehr als nur ein zufälliger Eindruck. War es nicht durchaus denkbar, daß die eine Geschichte durch die andere angeregt worden ist? Daß durch die entsprechenden Bedingungen in einem krankhaften Geist und in einer wuchernden Phantasie der Inhalt die tragische Form annahm, die man ihm eben aufgetischt hatte?

Brading rief sich gewisse Umstände im Bericht der jungen Frau und in der Abfolge der Geschehnisse ins Gedächtnis zurück, die ihm bisher nicht aufgefallen waren, weil ihn die Liebe blind gemacht hatte – da waren das abgeschlossene Leben mit ihrem Vater zusammen, dessen Haus anscheinend nicht sehr gastfreundlich war, und dann ihre sonderbare Angst des Nachts, die so weit ging, daß ihre engsten Bekannten bestätigten, sie nach Einbruch der Dunkelheit noch niemals draußen angetroffen zu haben. Es war nur zu natürlich, daß in solch einem Geist die Phantasie, einmal entfacht, mit ungezügeltem Feuer brannte, das dann alles durchglühte und von dem schließlich das ganze Wesen erfaßt wurde. Er konnte nicht länger daran zweifeln, daß sie geisteskrank war, obwohl ihm diese Einsicht den größten Schmerz bereitete; ihr Defekt bestand lediglich darin, daß sie als Ursache ansah, was ein Ergebnis ihres geistigen Durcheinanders war, indem sie nämlich die wunderlichen Einfälle örtlicher Schauergeschichtenerzähler mit ihrer eigenen Bildwelt verknüpfte. Mit der unbestimmten Absicht, für die Richtigkeit seiner Version einen Beweis zu erhalten, und ohne genaue Vorstellung, wie er es beginnen solle, sagte er ernst, aber hastig:

»Irene, Liebe, sage mir – bitte, ich will dir nicht zu nahe treten – aber sage mir –«

»Ich habe dir bereits gesagt«, unterbrach sie ihn mit ungestümem Ernst, wie er ihn an ihr noch nie bemerkt hatte – »ich habe dir bereits gesagt, daß wir nicht heiraten können; was gibt es sonst noch dazu zu sagen?«

Bevor er sie halten konnte, war sie von ihrem Platz aufgesprungen und war ohne ein weiteres Wort oder noch einen Blick zwischen den Bäumen hindurch in Richtung nach Hause fortgelaufen. Brading hatte sich erhoben, um sie zurückzuhalten; er stand und beobachtete sie schweigend, bis sie in der Dunkelheit verschwunden war. Plötzlich stürzte er los, als ob er getroffen wäre; Verwunderung und Beunruhigung zeichneten sich auf seinem Gesicht ab: zwischen den schwarzen Schatten, in denen sie untergetaucht war, hatte er den raschen, kurzen Schimmer von zwei leuchtenden Augen entdeckt! Einen Augenblick lang war er betäubt und unschlüssig; dann stürmte er ihr in den Wald nach und rief: »Irene, Irene, paß auf! Der Panther, der Panther!«

Im Nu hatte er den Waldrand erreicht und lief aufs offene Feld, wo er gerade noch sah, wie der graue Rock der jungen Frau in der Tür zum Haus ihres Vaters verschwand. Aber kein Panther war zu sehen.

IV
Ein Appell an die Gerechtigkeit Gottes

Jenner Brading, Rechtsanwalt, lebte in einem Landhaus am Rande der Stadt. Unmittelbar hinter dem Gebäude begann der Wald. Er war Junggeselle und ließ sich im Dorfhotel verköstigen, wo auch sein Büro war, weil das einzige ›Dienstmädchen‹ in der Nähe eine Anstellung als Wirtschafterin bei ihm wegen der strengen moralischen Sitten jener Zeit und Gegend abgelehnt hatte. Das Haus am Waldrand wurde nur deswegen als Wohnsitz unterhalten – was übrigens sicher nicht kostspielig war –, weil es den Wohlstand und die Achtbarkeit des Inhabers repräsentieren sollte. Allerdings schien es kaum angemessen für einen Mann, von dem die Lokalzeitung stolz zu berichten wußte, daß er ›der beste Jurist seiner Zeit‹ und ›ohne Heim‹ sei – er selbst mochte auch schon manchmal gezweifelt haben, ob die Begriffe ›Heim‹ und ›Haus‹ ganz identisch sind. Tatsächlich waren auch das Wissen vom Auseinanderklaffen beider Begriffe und der Wille, sie in Übereinstimmung zu bringen, die Ursache des Konfliktes, der sich ergeben mußte, denn es wurde allgemein erzählt, daß der Eigentümer kurz nach Erbauung des Hauses einen vergeblichen Versuch unternommen habe, zu heiraten – ja, daß es sogar zu einer Ablehnung seines Antrages durch die schöne, aber exzentrische Tochter des alten Marlowe, des Einsiedlers, gekommen sei. So jedenfalls glaubten es die Leute, weil er selbst es so dargestellt hatte, während die Frau zu allem schwieg – eine Umkehrung der üblichen Verhaltensweise, die ihre Wirkung nicht verfehlen konnte.

Bradings Schlafzimmer lag an der Hinterseite des Hauses und hatte nur ein Fenster, das auf den Wald hinausging. Eines Nachts wurde er durch ein Geräusch am Fenster geweckt; er vermochte kaum zu sagen, wodurch das Geräusch verursacht worden war. Mit angespannten Nerven richtete er sich im Bett auf und griff zum Revolver, den er vorsorglich unter sein Kopfkissen gelegt hatte – sehr empfehlenswert für jeden, der bei offenem Fenster im Erdgeschoß schlafen will. Der Raum war in völliges Dunkel getaucht, aber da er nicht ängstlich war, wußte er, welche Stelle er beobachten mußte – dort sah er auch hin –, und er wartete schweigend auf die weiteren Ereignisse. Undeutlich konnte er jetzt die Fensteröffnung erkennen – ein Viereck von lichterem Schwarz. Kurz darauf tauchten dort an der unteren Kante zwei glühende Augen auf, die boshaft und unsagbar schrecklich schimmerten! Bradings Herz schlug heftig, dann schien es stillzustehen. Ein Schauder lief ihm über das Rückgrat, und sein Haar sträubte sich; er fühlte, wie ihm das Blut aus den Wangen wich. Es hätte ihm nichts genützt, zu schreien, wenn er sein Leben dadurch retten wollte; aber ein tapferer Mann wie er hätte auch nicht geschrien, wenn es sinnvoll gewesen wäre. Zwar mochte sein feiger Körper ein Zittern verspüren, aber seine Seele war aus einem gediege-

neren Stoff. Langsam und stetig kamen die leuchtenden Augen empor, sie schienen sich gleichzeitig zu nähern, und langsam hob sich Bradings rechte Hand mit der Pistole. Er feuerte!

Obwohl der Feuerschein ihn blendete und der Knall ihn betäubte, hörte Brading oder glaubte zu hören, wie der Panther wild und schrill aufjaulte mit fast menschlicher Stimme, in der ein geradezu teuflischer Ton mitklang. Er sprang aus dem Bett, zog sich an und rannte mit der Pistole in der Hand vor die Tür. Dort traf er bereits drei Männer, die von der Straße her angelaufen kamen. Nach einer kurzen Erklärung wurde die Umgebung des Hauses vorsichtig abgesucht. Das Gras war taufeucht; unter dem Fenster war es heruntergetreten und auf einem größeren Flecken teilweise plattgedrückt. Von dort aus führte eine gewundene Spur, die im Laternenschein entdeckt wurde, in das Buschwerk. Einer der Männer stolperte und fiel auf seine vorgehaltenen Hände. Als er wieder aufstand und sie aneinanderrieb, waren sie glitschig. Bei näherer Untersuchung stellte sich heraus, daß Blut sie rot färbte.

Auf eine Begegnung mit einem verwundeten Panther wollten sie es unbewaffnet nicht ankommen lassen; alle kehrten um, außer Brading. Er, mit Laterne und Pistole ausgerüstet, stieß mutig weiter in den Wald vor. Er durchquerte ein Stück unwegsamen Gestrüpps und erreichte schließlich eine kleine Lichtung, und dort wurde sein Mut dann belohnt, er fand den Körper seines Opfers. Aber es war nicht der Panther. Wer es war, wird noch heute von einem verwitterten Grabstein des Dorffriedhofes berichtet und konnte außerdem jahrelang noch bezeugt werden von einer schmerzgebeugten Gestalt, die täglich am Grabe zu treffen war und die genau wie das leidzerfurchte Gesicht dem alten Marlowe angehörte. Friede seiner Seele und der seines seltsamen, unglücklichen Kindes! Friede und Trost.

Phantastische Fabeln

Die Chaussee

Eine reiche Frau, die aus dem Ausland zurückkehrte, stieg am unteren Ende der Kneedeep Street vom Schiff und war gerade im Begriff, durch den Schlamm zu ihrem Hotel zu waten.

»Madam«, sagte ein Polizist, »das darf ich Ihnen nicht zumuten; Sie werden sich Schuhe und Strümpfe schmutzig machen.«

»Oh, das spielt wirklich keine Rolle«, antwortete die reiche Frau mit munterem Lächeln.

»Aber, Madam, es ist wirklich sinnlos; vom Kai bis zum Hotel liegen, wie Sie sehen werden, unzählige Zeitungsleute, einer neben dem anderen, vor Ihnen auf den Knien und wünschen sich nur die eine Ehre, Ihren Füßen als Steg dienen zu dürfen.«

»In diesem Fall«, erwiderte sie und setzte sich in einen Türeingang, wo sie ihre Tasche öffnete, »werde ich sogar meine Gummistiefel anziehen.«

Der getreue Sohn

Ein Millionär, der in ein Armenhaus gegangen war, um seinen Vater zu besuchen, traf dort einen Nachbarn, den das sehr überraschte.

»Was!« sagte der Nachbar, »Sie besuchen manchmal sogar Ihren Vater?«

»Wären unsere Rollen vertauscht«, erwiderte der Millionär, »glaube ich bestimmt, daß er mich auch besuchen würde. Der alte Herr war immer ziemlich stolz auf mich. Im übrigen«, fügte er leise hinzu, »brauche ich seine Unterschrift; ich will eine Lebensversicherung für ihn abschließen.«

Die Friedensverhandlung

Viermal waren China und die Vereinigten Staaten in verheerende Kriege verwickelt worden, weil man Angehörige entweder des einen oder des anderen Staates massakriert hatte. Schließlich trat im Jahre 1994 ein Philosoph in Madagaskar hervor, der den beiden aufgebrachten Ländern folgenden *Modus vivendi* vorschlug:

»Massaker sind von nun an streng verboten; sollte aber dennoch ein Staatsangehöriger oder Untertan des einen oder des anderen Landes das Verbot mißachten, muß er der massakrierten Person den Skalp ablösen und diesen dem eigens dazu ernannten Offizier übergeben, der ihn in Empfang nimmt und aufbewahrt, und der vereidigt ist, eine genaue Liste darüber zu führen. Sobald es nach Einstellung jedes Massakers möglich ist, oder auch zu anderen festgesetzten Terminen, die in Verhandlungen ermittelt werden müßten, sollen die Skalpe, gleichgültig, ob männlich oder weiblich, gezählt werden; die Regierung, die die größere Anzahl besitzt, muß für die Ausschreitungen tausend Dollar pro Skalp zahlen, während die andere Regierung diesen Betrag erhält. Einmal in jeder Dekade soll eine Generalabrechnung vorgenommen werden, bei der das Konto ausgeglichen und der zu zahlende Betrag in mexikanischen Dollars an die Gläubigernation zu entrichten ist.«

Der Vorschlag wurde angenommen, die nötigen Verhandlungen fanden statt, und die Gesetze zur Ausführung wurden erlassen; der Philosoph aus Madagaskar bekam einen Platz im Tempel der Unsterblichkeit, und der Frieden breitete seine weißen Schwingen über die beiden Nationen und befleckte unsagbar sein Gefieder.

Zwei Ärzte

Ein böser alter Mann, der sich krank fühlte, ließ einen Arzt holen; dieser verschrieb ihm ein Medikament und ging fort. Dann ließ der böse alte Mann einen anderen Arzt holen – von dem ersten erwähnte er nichts – und eine von Grund aus verschiedene Behandlung wurde ihm verordnet. Einige Wochen lang ging das so weiter; die beiden Ärzte besuchten ihn abwechselnd, behandelten zwei verschiedene Krankheiten, verabreichten immer größere Mengen Arzneien und wendeten immer gröbere Behandlungsmethoden an. Eines Tages jedoch trafen sie sich zufällig am Krankenlager, als der Patient schlief; so kam die Wahrheit heraus, und ein heftiger Streit entstand.

»Meine guten Freunde«, sagte der Kranke, der von der Auseinandersetzung aufgewacht war und deren Ursache begriff, »bitte, lassen Sie doch etwas mehr Vernunft walten! Wenn ich Sie wochenlang beide ausgehalten habe, sollte es dann nicht möglich sein, daß Sie sich gegenseitig wenigstens eine kurze Zeit ertragen? Seit zehn Tagen bin ich wieder gesund, aber ich blieb im Bett, in der Hoffnung, daß ich durch Ruhe genügend Kräfte sammeln würde, um Ihre Medikamente einnehmen zu können. Bis heute habe ich nichts davon angerührt.«

Die Mannschaft des Rettungsbootes

Die tapfere Mannschaft einer Lebensrettungsstation brachte gerade ihr Rettungsboot zu Wasser, um eine Fahrt entlang der Küste zu unternehmen, da entdeckten die Männer nicht weit entfernt ein gekentertes Schiff, auf dessen Kiel ein Dutzend Männer hingen. »Es ist ein Glück«, sagte die tapfere Mannschaft, »daß wir das noch rechtzeitig bemerkt haben. Uns hätte das gleiche Schicksal treffen können.«

So holten sie das Rettungsboot wieder in den Schuppen ein und blieben ihrem Vaterland noch für weitere Dienste erhalten.

Die treue Witwe

Einer Witwe, die am Grab ihres Mannes weinte, näherte sich ein Gentleman, um anzubändeln; er versicherte ihr in respektvollem Ton, daß er seit langer Zeit schon die zärtlichsten Empfindungen für sie hege.

»Schuft!« schrie die Witwe. »Entfernen Sie sich augenblicklich! Ist das die richtige Stunde, zu mir von Liebe zu sprechen?«

»Ich versichere Ihnen, Madam, daß ich nicht beabsichtigt habe, meine Gefühle zu offenbaren«, erklärte der Gentleman demütig, »aber es war Ihre Schönheit, die meine Zurückhaltung überwältigte.«

»Da sollten Sie mich erst sehen, wenn ich *nicht* weine«, antwortete die Witwe.

Alter Mann und Schüler

Ein schöner alter Mann traf einen Schüler aus der Sonntagsschule; er legte seine Hand auf den Kopf des Burschen und sagte:

»Höre, mein Sohn, auf die Worte der Weisen und achte auf den Rat der Gerechten!«

»In Ordnung«, antwortete der Schüler der Sonntagsschule, »und was soll ich tun?«

»Oh, ich habe dir eigentlich nichts Bestimmtes zu sagen«, erwiderte der schöne alte Mann. »Ich übe nur eine der Gepflogenheiten des Alters. Ich bin ein Pirat.«

Und als er seine Hand von dem Kopf fortgenommen hatte, bemerkte der Junge, daß sein Haar voll von geronnenem Blut war. Der schöne alte Mann aber ging seines Weges und unterwies andere Jugendliche.

Der Kirchendiener

Ein Wanderprediger, der stundenlang hart im geistlichen Weinberg gearbeitet hatte, flüsterte dem Kirchendiener der örtlichen Kirche zu:

»Bruder, diese Leute kennen Sie, und Ihre tätige Mithilfe wird reichlich Früchte tragen. Bitte, holen Sie mir den Kollekteteller, ein Viertel der Kollekte sollen Sie bekommen.«

Der Kirchendiener holte ihn, steckte das Geld in seine Tasche, wartete, bis die Gemeinde hinausgegangen war, und sagte dann: »Gute Nacht.«

»Aber das Geld, Bruder, das Geld, das Sie eingesammelt haben!« sagte der Wanderprediger.

»Es bleibt nichts für Sie übrig«, war die Antwort; »der Widersacher hat ihre Herzen verhärtet, der vierte Teil, das ist alles, was sie gegeben haben.«

Sühne

Zwei Frauen im Himmel beanspruchten *einen* Mann; er war gerade neu angekommen.

»Ich war seine Frau«, sagte die eine.

»Ich seine Geliebte«, sagte die andere.

Daraufhin sagte Petrus zu dem Mann: »Gehe hinunter zu jenem anderen Ort – du hast genug gelitten.«

Katze und junger Mann

Eine Katze verliebte sich in einen stattlichen jungen Mann und bat Venus, sie in eine Frau zu verwandeln.

»Ich glaube allerdings«, sagte Venus, »daß du diese geringfügige Verwandlung fertigbringst, ohne mich damit belästigen zu müssen. Aber meinetwegen, sei eine Frau.«

Um danach Gewißheit zu haben, ob die Verwandlung gelungen sei, schickte Venus eine Maus; da schrie die Frau und führte sich so auf, daß der junge Mann sie nicht mehr heiraten wollte.

Der Schatten des Parteivorsitzenden

Ein Parteivorsitzender ging an einem sonnigen Tag spazieren. Plötzlich sah er, wie sich sein Schatten von ihm löste und rasch fortlief.

»Komm zurück, du Halunke«, schrie er.

»Wäre ich wirklich ein Halunke«, antwortete der Schatten und lief noch schneller, »dann wäre ich bei dir geblieben.«

Esel und Heuschrecken

Ein Staatsmann, der einige Arbeiter bei der Arbeit singen hörte, wünschte ebenso glücklich zu sein und fragte sie, wodurch sie so glücklich wären.

»Durch Aufrichtigkeit«, antworteten sie.

So entschied sich der Staatsmann, auch aufrichtig zu sein. Das Ergebnis war, daß er vor Armut starb.

Edgar Allan Poe im Diogenes Verlag

»Als ich zum erstenmal ein Buch von ihm aufschlug, fand ich bei ihm Gedichte und Novellen, wie sie mir bereits durch den Kopf gegangen waren, undeutlich und wirr jedoch, ungeordnet – Poe aber hat es verstanden, sie zu verbinden und zur Vollendung zu führen. Bewegt und bezaubert entdeckte ich nicht nur Sujets, von denen ich geträumt hatte, sondern auch Sätze und Gedanken, die die meinigen hätten sein können – hätte sie nicht Poe zwanzig Jahre vorher geschrieben.«
Charles Baudelaire

Werkausgabe in Einzelbänden, herausgegeben von Theodor Etzel. Aus dem Amerikanischen von Gisela Etzel, Wolf Durian u.a.

Der Untergang des Hauses Usher
und andere Geschichten von Schönheit, Liebe und Wiederkunft

Die schwarze Katze
und andere Verbrechergeschichten

Die Maske des Roten Todes
und andere phantastische Fahrten

Der Teufel im Glockenstuhl
und andere Scherz- und Spottgeschichten

Die denkwürdigen Erlebnisse des Arthur Gordon Pym
Roman. Mit einem Nachwort von Jörg Drews

Meistererzählungen
Ausgewählt und mit einem Nachwort von Mary Hottinger

Meistererzählungen der Weltliteratur im Diogenes Verlag

- **Alfred Andersch**
Mit einem Nachwort von Lothar Baier

- **Honoré de Balzac**
Ausgewählt von Auguste Amédée de Saint-Gall. Mit einem Nachwort versehen von Georges Simenon

- **Ambrose Bierce**
Auswahl und Vorwort von Mary Hottinger. Aus dem Amerikanischen von Joachim Uhlmann. Mit Zeichnungen von Tomi Ungerer

- **Giovanni Boccaccio**
Meistererzählungen aus dem Decamerone. Ausgewählt von Silvia Sager. Aus dem Italienischen von Heinrich Conrad

- **Anton Čechov**
Ausgewählt von Franz Sutter. Aus dem Russischen von Ada Knipper, Herta von Schulz und Gerhard Dick

- **Miguel de Cervantes Saavedra**
Aus dem Spanischen von Gerda von Uslar. Mit einem Nachwort von Fritz R. Fries

- **Raymond Chandler**
Aus dem Amerikanischen von Hans Wollschläger

- **Agatha Christie**
Aus dem Englischen von Maria Meinert, Maria Berger und Ingrid Jacob

- **Stephen Crane**
Herausgegeben, aus dem Amerikanischen und mit einem Nachwort von Walter E. Richartz

- **Fjodor Dostojewskij**
Herausgegeben, aus dem Russischen und mit einem Nachwort von Johannes von Guenther

- **Friedrich Dürrenmatt**
Ausgewählt von Daniel Keel. Mit einem Nachwort von Reinhardt Stumm

- **Joseph von Eichendorff**
Mit einem Nachwort von Hermann Hesse

- **William Faulkner**
Ausgewählt, aus dem Amerikanischen und mit einem Nachwort von Elisabeth Schnack

- **F. Scott Fitzgerald**
Ausgewählt und mit einem Nachwort von Elisabeth Schnack. Aus dem Amerikanischen von Walter Schürenberg, Anna von Cramer-Klett, Elga Abramowitz und Walter E. Richartz

- **Nikolai Gogol**
Ausgewählt, aus dem Russischen und mit einem Vorwort von Sigismund von Radecki

- **Jeremias Gotthelf**
Mit einem Essay von Gottfried Keller

- **Dashiell Hammett**
Ausgewählt von William Matheson. Aus dem Amerikanischen von Wulf Teichmann, Walter E. Richartz, Hellmuth Karasek und Elizabeth Gilbert

- **O. Henry**
Aus dem Amerikanischen von Christine Hoeppner, Wolfgang Kreiter, Rudolf Löwe und Charlotte Schulze. Nachwort von Heinrich Böll

- **Hermann Hesse**
Zusammengestellt, mit bio-bibliographischen Daten und Nachwort von Volker Michels

- **Patricia Highsmith**
Ausgewählt von Patricia Highsmith. Aus dem Amerikanischen von Anne Uhde, Walter E. Richartz und Wulf Teichmann

- **E.T.A. Hoffmann**
Herausgegeben von Christian Strich. Mit einem Nachwort von Stefan Zweig

- **Franz Kafka**
Mit einem Essay von Walter Muschg sowie einer Erinnerung an Franz Kafka von Kurt Wolff

- **Gottfried Keller**
Mit einem Nachwort von Walter Muschg

- **D. H. Lawrence**
Ausgewählt, aus dem Englischen und mit einem Nachwort von Elisabeth Schnack

- **Jack London**
Aus dem Amerikanischen von Erwin Magnus. Mit einem Vorwort von Herbert Eisenreich

- **Carson McCullers**
Ausgewählt von Anton Friedrich. Aus dem Amerikanischen von Elisabeth Schnack

- **Katherine Mansfield**
Ausgewählt, aus dem Englischen und mit einem Nachwort von Elisabeth Schnack

- **W. Somerset Maugham**
Ausgewählt von Gerd Haffmans. Aus dem Englischen von Kurt Wagenseil, Tina Haffmans und Mimi Zoff

- **Guy de Maupassant**
Ausgewählt, aus dem Französischen und mit einem Nachwort von Walter Widmer

- **Meistererzählungen aus Amerika**
Geschichten von Edgar Allan Poe bis John Irving. Herausgegeben von Gerd Haffmans. Mit einleitenden Essays von Edgar Allan Poe und Ring Lardner, Zeittafel, bio-bibliographischen Notizen und Literaturhinweisen. Erweiterte Neuausgabe 1995

- **Meistererzählungen aus Irland**
Geschichten von Frank O'Connor bis Bernard Mac Laverty. Herausgegeben von Gerd Haffmans. Mit einem Essay von Frank O'Connor, bio-bibliographischen Notizen und Literaturhinweisen. Erweiterte Neuausgabe 1995

- **Herman Melville**
Aus dem Amerikanischen von Günther Steinig. Nachwort von Hans-Rüdiger Schwab

- **Conrad Ferdinand Meyer**
Mit einem Nachwort von Albert von Schirnding

- **Frank O'Connor**
Aus dem Englischen und mit einem Nachwort von Elisabeth Schnack

- **Liam O'Flaherty**
Aus dem Englischen und mit einem Nachwort von Elisabeth Schnack

- **George Orwell**
Ausgewählt von Christian Strich. Aus dem Englischen von Felix Gasbarra, Peter Naujack, Alexander Schmitz, Nikolaus Stingl u.a.

- **Luigi Pirandello**
Ausgewählt und mit einem Nachwort von Lisa Rüdiger. Aus dem Italienischen von Percy Eckstein, Hans Hinterhäuser und Lisa Rüdiger

- **Edgar Allan Poe**
Ausgewählt und mit einem Vorwort von Mary Hottinger. Aus dem Amerikanischen von Gisela Etzel

- **Alexander Puschkin**
Aus dem Russischen von André Villard. Mit einem Fragment ›Über Puschkin‹ von Maxim Gorki

- **Joachim Ringelnatz**
Ausgewählt von Winfried Stephan

- **Joseph Roth**
Ausgewählt von Daniel Keel. Mit einem Nachwort von Stefan Zweig

- **Saki**
Aus dem Englischen von Günter Eichel. Mit einem Nachwort von Thomas Bodmer und Zeichnungen von Edward Gorey

- **Arthur Schnitzler**
Herausgegeben und mit einem Nachwort von Hans Weigel

- **Alan Sillitoe**
Aus dem Englischen von Hedwig Jolenberg und Wulf Teichmann

- **Georges Simenon**
Aus dem Französischen von Wolfram Schäfer, Angelika Hildebrandt-Essig, Gisela Stadelmann, Linde Birk und Lislott Pfaff

- **Henry Slesar**
Aus dem Amerikanischen von Thomas Schlück und Günter Eichel

● **Muriel Spark**
Aus dem Englischen von Peter Naujack und Elisabeth Schnack

● **Stendhal**
Aus dem Französischen von Franz Hessel, M. von Musil und Arthur Schurig. Mit einem Nachwort von Maurice Bardèche

● **Robert Louis Stevenson**
Aus dem Englischen von Marguerite und Curt Thesing. Mit einem Nachwort von Lucien Deprijck

● **Adalbert Stifter**
Mit einem Nachwort von Julius Stöcker

● **Leo Tolstoi**
Ausgewählt von Christian Strich. Aus dem Russischen von Arthur Luther, Erich Müller und August Scholz

● **B. Traven**
Ausgewählt von William Matheson

● **Iwan Turgenjew**
Herausgegeben, aus dem Russischen übersetzt und mit einem Nachwort versehen von Johannes von Guenther

● **Mark Twain**
Mit einem Vorwort von N.O. Scarpi

● **Jules Verne**
Aus dem Französischen von Erich Fivian

● **H. G. Wells**
Ausgewählt von Antje Stählin. Aus dem Englischen von Gertrud J. Klett, Lena Neumann und Ursula Spinner